傷痕

夜筑 著

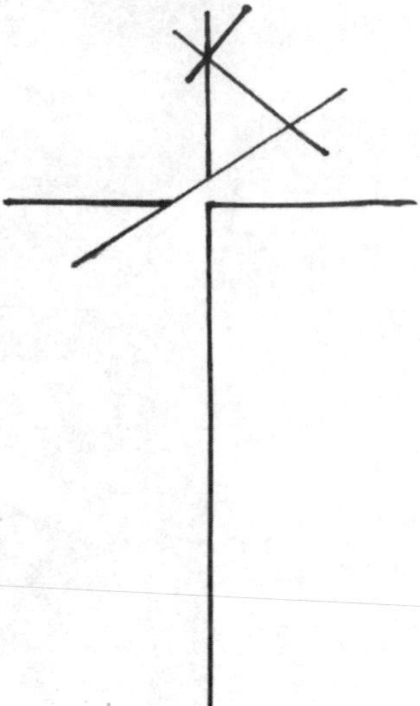

前言

《傷痕》是我的第一本小說。這是以「霸凌」而衍生的文學創作。《傷痕》從二〇一九年的暑假，開始發想，到二〇二一年三月十二日完成。

在寫作過程中，我遇到了一些問題，對於自己的文筆有太多雜念。我害怕無法完全詮釋，害怕讓人看不懂，害怕別人不喜歡。在寫完所有劇情時，仍然在擔心這些事。

我花了一些時間去思考，這部作品對我的意義。文字一直以來，是我抒發心情的方式，這部《傷痕》也是為了抒發心情而存在的。

在這世界，有許多人都接觸過霸凌，我也看過很多。於是，想藉由文字來寫出這個現象，它訴說了我心中所想，也是讓我正視社會中的傷痕從而成長。它存在，使我成為了更好的人。

別人看不懂沒關係，因為這是寫給我自己看的，也是寫給對於霸凌這件事，有感觸的人看。

希望《傷痕》能為看到這本作品的人，帶來些許的力量，就像它給我力量一樣，這便是《傷痕》的意義。

目錄

傷痕

在一個盛夏八月的黑夜，白天繁忙的城市變得空無一人，街道安靜的可怕，沒有任何燈光和聲響，連在街頭流浪的小動物也都消失了。

明明是八月，空氣中卻透著一絲冰冷，讓本就壓抑的城市，變得更加驚悚。

一個淒厲的女聲，從城市角落一間廢棄的房子傳出，一個年約十三歲的女孩，在有些殘破的房子頂樓輕輕地哼唱歌曲。

少女本應該天真無邪的眼睛，因充血變成紅色，直直盯著前方，好像能看穿一切，卻也像什麼也看不見，而搭配著這雙了無生氣眼睛的，卻是一個微微上揚的嘴角。

少女跪在地上，纖細的手裡握著一把小刀，刀鋒因為沾滿血而沒有反射出寒光，她一身白衣被血染紅，烏黑的長髮也沾染大片鮮紅。

她拿刀的手不斷揮動，一抹抹鮮血染紅了石地，也噴灑在少女那蒼白泛灰的臉上。

細看她身邊的地上，是一個被截肢的人體。

少女割完了最後一隻手臂，把小刀隨手一拋，刀插在身旁的地上。

她抱起地上的一顆頭顱，輕輕撫摸著這張清秀但蒼白的臉龐，一雙怪異赤目盯著這張臉看了好一會兒。

「你不會愛我的，對吧。哥哥。」

少女仰天狂笑，她淒厲的笑聲在靜默的黑夜裡是如此毛骨悚然。

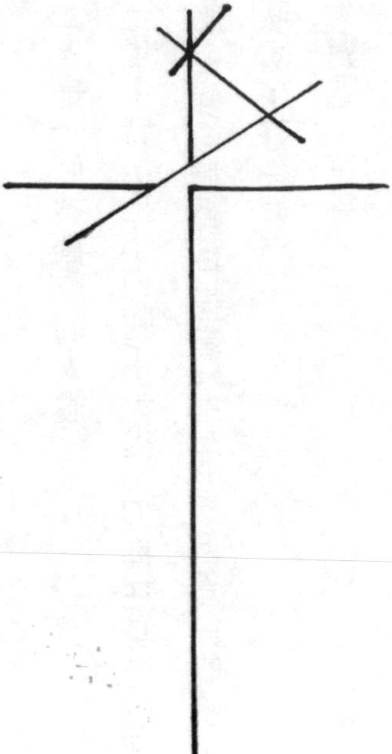

第一章

和平

和平

兩個月前，六月末的一個早晨，明媚的陽光灑進一個房間，映照在藍色牆壁上，使得那藍色變得更加清晰。

房內陳設樸實，沒有過多的物品，打掃得一塵不染，大大的衣櫃佔去了房間的大半，白色書桌上擺滿了書籍，鋪著粉色床單的單人床上，躺著一個年約十三歲的少女。

「啊！」

白凌驚叫一聲，從床上坐起，胸口因急促的呼吸而不斷起伏，一雙細長的美麗雙眼，透著無盡的恐懼，她喘息了一陣子才平復了剛才那份恐懼。

她輕輕抬起手，抹去雙頰的淚水。

白凌看向前方，雙眼滿是疲倦與悲傷。

她喃喃的說：「又夢到了……」

白凌夢到的，是以前的回憶，一段不願想起的回憶。

這已經是一個月來，第二十七天夢見了。

白凌緩緩地掀開棉被，舉手投足間透露著深刻的疲憊。

雖是在六月末，氣溫十分炎熱，白凌仍穿著一身全黑的長袖長褲，手上戴著一副黑色手套，一身黑色衣物與脖頸以上露出的雪白皮膚，形成鮮明的對比。

她稍稍側頭，看著床頭櫃上擺的一張照片，那是一張合照，上面是七個年輕人，四男三女，白凌站在最右邊，臉上掛著笑容。

這六個人，都是教會中少年團契的成員。

看著照片的白凌，臉上除了不安、絕望，還有另一個強烈的情緒——恐懼。

※

白凌的夢境中，時間回到了七年前。

在白凌六歲時，她第一次踏入教會。

「教會是一個很棒的地方，那裡的人都很友善。妳雖然內向，但只要面帶笑容，一定能交到朋友的。如果有甚麼問題，都可以來找媽媽，我是你們的主日學老師。而且還有哥哥陪著妳，一定沒問題。」

這是白凌的母親對她說的話。

想起這段話，白凌微微一笑，側頭問牽著她的哥哥白約：

「哥哥，你會一直陪著我，對吧？」

白約也笑了笑，拍拍她的頭：

「當然，我會一直陪著妳的。這是我們的約定。」

聽到了哥哥的承諾，白凌更加放心。

年幼的白凌，眼中閃爍著期待未知生活的光芒。

他們手牽著手，一起進入教會。

但，在走進門檻的第一步，白約放開了白凌的手。

或許是內向被動的性格，白凌在教會都是一個人，沒有人來找她聊天，沒有人去關心她，更沒有同齡孩子跟她一起玩。相反的，個性開朗的白約，已經和其他的孩子打成一片了，他的身邊總是傳來笑聲。

白凌心中非常寂寞，但只是低著頭，默默地盯著自己的腳尖，並沒有主動去找任何人。

有一天，她終於鼓起勇氣，走到哥哥白約身旁，小聲地問：

「你們在說什麼？」

正在和一對姐弟說話的白約，轉過頭看向她，白凌記得，這對姊弟分別叫麗禾、訊，是出生就在這間教會長大的孩子。

白約看了她幾秒，臉上並沒有任何表情，接著，他回頭對他們說：

「不要理她，她很煩。」

聽到這句話，白凌失望地低下頭，默默地離開。

從那天起，麗禾與訊不再叫白凌名字，而是叫她笨蛋、白癡，並對白凌一直用惡毒的言語相向。

白凌很清楚，是誰讓他們這樣稱呼她的。

雖然心裏不舒服，但白凌仍然記得媽媽說的話。

「妳雖然內向，只要面帶笑容，一定能交到朋友的。」

她每次都在臉上掛著笑容，去面對那些詆毀的言語。

吃飯的時間，白凌總是拿著飯碗，走到白約所在的桌邊，畢竟，她還是只認識白約這個人。

他們三人一看到白凌靠近，便露出嫌惡的表情，一邊移動到別桌。

「跟那白癡坐在一起，飯都變難吃了。」

這是白凌無意間聽到麗禾所說的。

她那不屑的笑容，深深地記在白凌心中。

「為什麼，他們都不接近我呢？我做錯了什麼？」

白凌獨自坐在一張桌前，默默的將飯送入自己口中。

在夢境中，影像非常模糊。

但白凌確定，她是從這時開始討厭教會這個地方的。

※

白凌站起身，走到純白的書桌旁邊，從書堆中抽出一本薄薄的黑色筆記本，她細長的手指輕輕撫過黑色書皮：

「今天，就是第一個人了。」

她打開第一頁，上面是密密麻麻的文字，標題寫著「第一人・代號和平」，看著這些文字，白凌露出一個微笑，那些文字所說的，正是「和平」的個人資料。

白凌盯著筆記本，喃喃的說：

「性別女。十五歲。即將死亡，時間，今天晚上。」

她緩緩放下筆記本，雙眼直直地看向前方：「本名，麗禾。」

她闔上本子，拿出手機，找到通訊軟體，滑著與麗禾的通訊紀錄。

她們約好今天晚上一起出門吃飯。

在兩個月前，白凌花了一些時間與功夫，已經和麗禾變成了朋友，

如今在這筆記本上這六個人的情報，也有一部份是麗禾告訴她的。

白凌的眼中閃爍著急切的光芒，輕聲地說：

「我要，親手結束這些惡夢，這些由他們帶給我的惡夢。」

剛說完，便馬上收起眼中急切的光芒，嘴角也回到微笑的角度。

她走出了房門。

晚上，白凌站在一家餐廳前，等待著麗禾的到來，路上行人匆匆，全都低著頭，快步走過，但在白凌眼中，世界彷彿放慢了，因為等等要發生的事，是她已經思考、密謀了六個月的事情，如今就要執行了，白凌不禁感到緊張與些許的興奮。

「嗨！」一個少女的聲音傳來，白凌轉頭，看見麗禾已經到了。

麗禾雖然比白凌大兩歲，但她身高並不高，站在白凌旁邊反而看起來比較小。

她臉上掛著笑容，向白凌揮揮手。

白凌馬上收起心緒，說著：「進去吧！」兩人一同進入餐廳。

「說起來，這還是妳第一次主動約我吃飯，」在吃飯時，麗禾滿臉笑容，看起來十分開心：「怎麼啦？發生什麼了？」

白凌吃著盤中的義大利麵，回道：

「這不是暑假第一天嗎?想說剛好和妳吃個飯啊!」

麗禾點點頭,繼續吃東西。

白凌看著她那毫無防備的姿態,心中不經喜悅。真是太好了,不枉費我花了那麼多時間與她打好關係,又跟她說了一堆假的心裡話,她已經完全相信我了。接下來,能好好進行吧!

現在要做的工作就是,陪麗禾談笑到離開餐廳。

到了八點左右,麗禾和白凌一同走在街上,雖已到了晚上,大街依然燈火通明,宛如白天。

「妳找我出來一定還有別的事吧?」麗禾突然轉頭看向白凌,說了這麼一句話。

白凌的心中緊張了一下,但仍然面容平靜的回應:「沒什麼。」

「是嗎?」麗禾有些狐疑地繼續走著。

白凌看看四周，行人愈來愈少，也愈來愈接近白凌要去的目的地，一條沒有住戶，又是死路的偏僻小巷。

到了巷子口，白凌抬起頭對麗禾說：「好吧，妳猜對了，我有事要和妳說。」白凌的眼神真切又銳利，將麗禾給震懾住，她又招招手，示意麗禾到巷子裡說，麗禾並沒有多想，跟著白凌一同進入小巷。

在麗禾踏入小巷時，她感到了不對勁，四周十分黑暗，並且過於安靜，她正想開口呼叫白凌：「白……」

突然，一隻帶著手套的手從後面摀住麗禾的口鼻。

那雙手的主人，正是白凌。

白凌一手緊緊摀著麗禾的口鼻，另一隻手緊緊抱著麗禾。

麗禾仍想反抗，身體不斷扭動，拳打腳踢的想掙脫，奈何兩人體格相差懸殊，麗禾無法反抗。

白凌不斷加大雙手的力度，聲音微微顫抖，眼中閃爍著淚光：「我必須要結束你們這六個惡夢，所以快點去死吧！」

麗禾漸漸地感到呼吸困難，恐懼不斷在她腦中擴散，淚水滑過麗禾的臉龐，那淚中夾雜著不解與恐懼。

白凌心念一橫，用力的將麗禾向一旁摔去，麗禾的頭重重地撞在石牆上。

鮮血從麗禾的頭部流出。

白凌看著麗禾，胸口因劇烈吸氣而不斷起伏，淚水也緩緩流下，她呆立了兩秒，接著想起自己現在該做的事。

她看著這個死在自己手上的屍體，眼神中流露出悲傷：「抱歉了，但……就這樣吧。」

接著，她快速地走出小巷，以最快的速度回到家。

白凌並不知道麗禾什麼時候會被發現，因為這條巷子下一次會有人經過也不知道是什麼時候。

當她打開家門的一瞬間，待在家中的媽媽有些驚訝地看著她：

「妳不是去和麗禾吃飯嗎？怎麼那麼快就回來？」

白凌一邊走進家門，一邊說：

「她好像還有點事，我們八點就分開了。」

「好喔。」見到媽媽沒有再追問，白凌走回自己的房間，關上房門。

她看著自己的雙手，眼神有些恍惚：「我……剛剛……用這雙手……殺了人？」她緊緊握住自己的手，蜷縮地躺在床上，口中不斷念叨著：「沒事的，惡夢要結束了……很快的……要結束了……」

我……死了嗎？怎麼回事？我剛剛被白凌殺了嗎？

對，我已經死了，被白凌親手殺了。

果然還是因為那件事吧？七年來，我們對白凌做的事情，果然得到了報復。

當時，白凌和白約一起來到教會，個性外向的白約很快地融入了教會，並且和我和弟弟變成了朋友。內向又不常開口說話的白凌，在過了沒多久後，便成了我們三個欺負的對象。

一開始，我們只是孤立她，或是說一些罵她的話。那時倒是看起來像幾個孩子的玩樂，說些打鬧的話，白凌也都笑著，一直都在笑。

不過情況愈演愈烈，我們的話語開始對白凌人身攻擊。我會想欺負她，還是有個原因，但這個原因非常的可笑。

在當年，已經小學三年級的我，一直都被班上的同學排擠。對於班上同學的恨，不知不覺地轉移到白凌身上，所以才一直欺負著她。

但是漸漸地發覺，我變得像那群討厭的同學，想到這個，不禁有些害怕，我竟然慢慢地成為討厭的人的樣子。

而白約和訊卻沒有要停手的意思，反而愈來愈過分，不只會教唆大家排擠白凌，還開始說出一些不實的詆毀，甚至是在主日學下課時動手打她，將她推倒在地，並且不允許她起身。但，我清楚地知道，我已經無法叫他們收手了，於是決定默默地退出他們霸凌的圈子，變成了一個旁觀者。

不是自己動的手，確實減少了我心裡的厭惡感。卻在四年前的某天，白凌哭了，她被我們弄哭了，我開始覺得對不起她，雖然在那之後霸凌就結束了，但白凌的眼淚卻深深地烙在我的心中，那份愧疚並一直壓在我心頭。

這也是在兩個月前，白凌突然來找我做朋友時，我馬上就對她非常好的原因，她不論問我什麼我都會答，不論說什麼我都會聽，因為這是我唯一覺得可以贖罪的方法。所以在她問了其他幾人的情報時，儘管有些懷疑，但我仍然全部告訴她。

很快的，事情就演變成這樣了。

我也知道，我是第一個白凌的復仇對象，接下來還有誰也不確定。

但一切都沒有關係了，現在唯一覺得遺憾的，是沒有親口向她道歉，並沒有對於我那愚蠢的想法道歉。

算了，我還是乖乖的去地獄，等著還會在地獄看見誰吧！

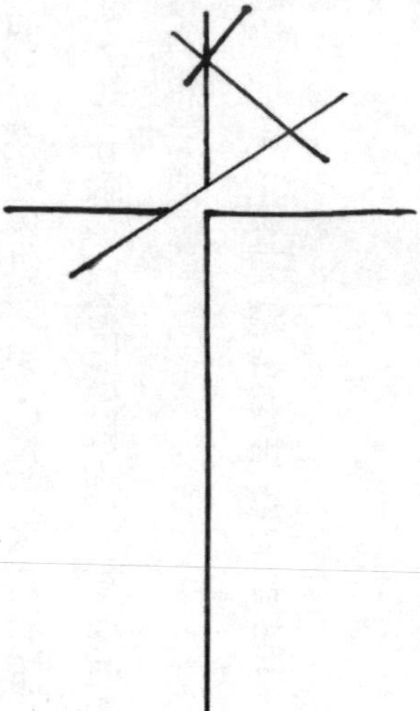

第二章

良善

「麗禾……死了？」白凌的聲音顫抖，眼中閃著不可置信的神情。

媽媽站在她眼前，用悲傷的眼神看著她：「是啊，我們也是剛剛接收到消息，好像是意外身亡。她還這麼年輕……怎麼會？」

媽媽拍拍白凌肩頭，聲音中充滿安慰：

「麗禾是妳的朋友吧，不要太難過。沒事的。」

白凌的淚水在眼中打轉，她緩緩走回房間，聲音中透露著無限的悲傷與不解：「我……要靜靜……」

剛走回房間，將房門關上後，白凌摀住嘴，肩頭因激動而不停顫抖，她緊緊抱著自己的雙臂，強忍住眼眶中的眼淚，不讓它奪眶而出：「很好……我成功了。」

白凌冷靜下來，拿出筆記本，將寫著代表麗禾的那一頁撕下，快速地撕成千萬片，眼珠不斷地打轉：「接下來她就再也無法讓我感到恐懼了。很好，我沒有被懷疑。」

她看著下一頁，輕撫著每個文字，緩緩地唸出：

「第二人．代號忍耐。性別女。十六歲。即將死亡時間，一個星期後的今天。本名，晴。」

※

在霸凌開始的半年後，白約等人對白凌的惡意已經升級，不只是言語，他們開始侵蝕白凌的其他東西。

例如自由。

「妳給我進去待著！」白約對白凌猛力一推，將她推入一間昏暗的房間。那是教會地下室其中一間小教室，在主日學下課後就不會有人進去。

白凌被推倒在地，抬頭看向面前的哥哥與訊，白約朝她笑笑，但他的眼中並沒有笑意：「妳就在裡面好好待著，不准出來。反正妳也沒朋友，待在外面也只會晃來晃去，看了就煩。」

說完便關上那扇木門，將白凌關在黑暗的房間。

白凌雖然知道這扇門沒辦法從外面上鎖，卻沒有勇氣自己推開門出去，沒有勇氣去違抗白約的話。

她緩緩地起身，想要摸索著去打開小教室的燈，而白約的聲音卻再度從門外傳來：「妳敢開燈試試？」

聽到這句話，白凌瘦小的身體顫抖了一下，接著慢慢放下伸到一半的手，坐回到地上，緊緊抱住自己的雙腳。

她努力地壓抑著內心的恐懼。

或許是因為常常被關起來，白凌非常怕黑，在她心中，恐懼已經和黑暗融合。

她更怕自己受到更嚴重的欺負。

白凌只敢乖乖聽白約的話，待在這間黑暗的小教室。

不知道過了多久，小教室的門被緩緩推開。

白凌看向門邊，來的人不是白約或訊，而是一個大了她三歲的女孩，白凌記得，那個女孩叫做晴。

晴有些驚訝的看著坐在地上的白凌：「妳在這裡幹嘛？」

而白凌只是面無表情地看向晴，緩緩地說：「我不能出去，也不能開燈。」

「為什麼？」

晴走進小教室，坐到白凌的身旁：「有人欺負妳嗎？」

白凌低下頭默默不語。

晴看著她一會兒，接著自己站起身，將燈打開。

突然有了光的出現，白凌有些驚嚇，抬起頭看向晴，只見晴朝她微微一笑：「妳不能開燈，但我可以，」

接著又走到白凌身邊再度坐下：

「妳不能出去，那我就在這裡陪妳吧！」

白凌看著眼前這個特別的女孩，不自覺地露出了笑容。

又過了一陣，兩人聽見了一個朝他們而來的腳步聲，白約出現在小教室的門口，皺著眉望向白凌：「誰准妳開燈的？」

聽到著句話，白凌恐懼地低下頭。

這時，晴站了起來，直直看著白約的雙眼：「燈是我開的，你有什麼問題嗎？」

白約銳利的眼神掃向晴，一面繼續和白凌說話：「什麼嘛？妳還找了救兵？」

白凌聽著這幾句話，蜷縮在地上的身軀不住顫抖。

晴看了一眼白凌，看出了白凌內心那份深刻的恐懼，她微微皺眉，一股怒氣衝上心頭。她再度轉頭，以更尖銳的眼神回敬白約：

「原來，就是你把白凌關在這裡，不准她開燈和出去的吧！」

「跟你有關係嗎？」白約指指地上的白凌。

「這是我家的事，就別管了吧！」

「你家的事？你還記的你跟白凌住在同一個家啊！」

晴冷笑了一下，伸手拉起地上的白凌，緊緊握住她的小手，對白約吼道：「你給我做出一點哥哥該做的事情啊！」

這句話，震驚了兄妹兩人。

她拉著白凌離開了小教室，留下呆立在場的白約。

※

白凌坐在床上，回憶著這一段夢。

從麗禾死亡後，已經過了一週。

在這期間，白凌每天都做著這樣一段夢，一次次感受到晴手裡的溫暖。

「你給我做出一點哥哥該做的事情啊！」

這句充滿力量卻又蘊含溫柔的話，一直在白凌的腦海中迴盪。

而每次一清醒，白凌就會想起晴之後的所作所為。

她煩躁的掀開被子站起身，打開窗簾感受陽光的沐浴，享受著來之不易的溫暖，彷彿能驅趕「今天就會有一個人死在我手下」的陰暗念頭。

但照了一陣，那份溫暖仍無法傳到白凌的心中。

白凌皺眉，有些不耐煩的將窗簾拉上。

白凌拿出手機，打電話給晴，不出所料，晴很快的接起了電話：

「白凌？」

「晴，我有件事情要和妳說，」白凌接話。

「怎麼了？」

白凌聽著晴的聲音，知道她現在沒什麼朝氣，聲音中更有一股悲傷之氣，這就是白凌選在這個時間找上晴的原因。

「我就直說了，麗禾……給了我一個東西……」白凌故意放慢了語氣，顯現出難過的情緒。

「怎麼了？麗禾給妳什麼？」

聽到晴微微急速的語氣，白凌知道她的觀察是對的，在籌備計畫的期間，她也發現了麗禾和晴的關係不錯。

「她……走的那天，有跟我吃了一頓飯……給了我一個東西，要我轉交給妳……我當時不知道她的意思……結果……」白凌停頓下來，顯得不願說下去。

一陣沉默後，晴的聲音再度傳來：「好的，妳可以今天給我嗎？」

「約晚上七點好嗎?在那條河口……就是我們之前一起去過的那條河。」

「好的,等等見。」晴緩緩地說。

白凌掛上電話。

那個河口在夜晚時沒什麼人會經過,並且只有一盞微弱的路燈,這就是白凌選擇那地方的原因。

她靜靜地等待黑夜的來臨。

夜晚,白凌踏上了河堤旁的石地,看見了前方站著的人影,晴高挑的身材穿著一件黑色長裙,雙手扶著河邊的欄杆,臉上滿是疲憊,靜靜地凝望著平和如鏡的河水。

白凌整理一下情緒,緩緩走到她的身邊立定,兩人被夏季的晚風輕輕吹撫，而此刻她們的心中只有一陣冰冷。

「真是懷念，我們少年團契之前還有一起來這邊玩，那時，她還在……」

白凌率先開口，聲音中滿是失去朋友的悲傷之氣。

晴緩緩點頭，並沒有說話，兩人就這麼肩並肩站著。

過了一陣子，晴開了口：「麗禾她……給了妳什麼？」

白凌緩緩地翻找包包，拿出一個小玩偶，晴一眼就認出這是麗禾最常掛在包包上的玩偶。

晴無言接過，低頭看著手中的玩偶。

這時，白凌再度開口：「還有一件事，想問問妳。」

晴將玩偶放進包包中，抬起頭看向白凌：「妳說吧。」

白凌仍然看著湖面，臉上浮現出一個淡淡的笑容：「妳，為什麼背叛我？」

晴微微皺眉，不解地問：「妳在說什麼？」

「是因為訊說的話嗎？」白凌轉過頭與晴對視，眼中那銳利的光芒，猶如她夢中，晴看向白約的眼神。

※

當年，在晴對白約說了那一席話後，他們對白凌的霸凌便減緩不少，在教會的時間中，白凌身邊也多了晴的陪伴，白凌的生活也漸漸明亮起來，不用每週提心吊膽的去教會，也不用再害怕白約等人。

而安逸的時間只維持了一個多月。

在一個月後的某天，因為訊的一句話，一切都變了。

「晴喜歡女生吧！」

訊和白約經過晴的身邊時，輕蔑地說了這句話：「晴喜歡白凌。」

「你別亂說。」站在晴身邊的白凌皺著眉對訊說，她臉上沒有了平常的笑容。這是白凌第一次如此大聲說話。

訊對於白凌激烈的反應有些驚訝，但只是輕輕一笑，就和白約離開了。

晴搭著白凌的肩頭溫柔的說：

「沒事的，就由他們說吧。我不在乎。」

白凌轉過頭，眼中有些焦急和擔心：

「他們以後可能會用這個來攻擊妳，沒問題嗎？」

晴只是微微一笑：「不然還能怎麼辦？又不能改變他們的想法。沒事的，白凌，我沒有問題，我會一直陪著妳的，因為我們是朋友。」

這幾個簡單的字句像是春天的第一道陽光，溫暖著白凌的心頭。

她不自覺地笑了，這個笑容和平常面對白約等人的笑容不一樣，這是發自內心，真實的笑。

但是，在下星期的聚會時，晴消失了。

這一消失，便是六年。

也是從這個時候，白約和訊開始真正意義上的「攻擊」白凌。

※

而現在，晴仍然皺著眉，面對白凌的眼神。

「我什麼時候背叛妳了？」

「當時，妳是我心靈的寄託，是我最好的朋友。」

白凌並沒有直接回答晴的話，轉向前方，看著平靜的水面。

「而妳卻直接離開，離開教會，離開我。」

晴靜靜的看著白凌，並沒有說話。

白凌此刻多麼希望她說出理由，說明離開的原因，說明她一直重視著白凌。

晴卻一直不說話。

白凌再度看向她，緊鎖的眉間透露著無盡的怨念：「妳說話啊！」

而晴的眼中，卻什麼都沒有。

「妳在說什麼？我聽不懂。」

白凌緊皺著眉。

晴再度開口：「妳說的事情，我不記得了。我只知道我是在一年前來到教會的青年團契，才遇見你們。」

聽到這段話的白凌，緩緩地低下頭：

「妳真的……什麼都不記得了嗎？」

晴點點頭。

白凌的嘴角揚起一個冷笑。

「這樣啊，我懂了。」

瞬間，白凌抓住晴的雙手，將她向自己一拉，晴還未反應過來，重心被白凌拉偏，在她以為自己要撞到白凌時，白凌用力一推，晴的身體瞬間失控，腰部撞到河邊那不高的圍欄，白凌再度發力，晴直接翻過欄杆，摔入了河水中，在平靜的水面上造成一震波動。

晴在深不見底的河中掙扎，已經吃了好幾口水。

「白凌！」她向白凌呼救，但白凌只是冷冷地看了看她，接著快速離開河邊。

她知道晴必死無疑，這個河深不見底，況且，晴根本不會游泳。

白凌知道，她只要走得遠遠的，晴就會無聲無息地消失人間，並且沒有人會知道她殺了晴。

白凌，對不起，我真的很對不起妳，其實我一直都記得，在教會的一切，和白凌一起度過的日子，我全部都記得。

那天在小教室碰見了她，那悲傷又堅強的身影就引起了我的注意，於是，我便坐下來跟她聊聊天，說說話，在談話的期間，我大概知道了她在想什麼，在害怕什麼。

「不要跟我太接近，因為我連自己為什麼被討厭都不知道。我不想造成妳的麻煩。」從年齡只有六歲的小女孩口中聽到這些，讓我不自覺地倒抽了一口氣。

她被人欺負，一直覺得是自己做錯了什麼，自己有問題，她也不想連累或帶給身邊的人麻煩，所以才一直獨自一人，不主動找人說話。

聽到了這些，我開始想，從我的角度瞭解白凌這個人。

我將隨後到來的白約罵了一頓，並開始跟白凌做朋友，了解她這個人。

接著，我便跟白凌同進同出，慢慢地，我開始了解她的性格，她渾身透露著與年齡不符的溫柔與成熟穩重，很會替別人著想，心裡又有股堅強的氣息。

她幾乎沒有什麼缺點，也正是因為這樣，我了解白約霸凌白凌的原因。

好玩。

簡單來說，白凌沒有惹到他們，他們純粹是因為霸凌人很好玩，才選擇了白凌為目標。況且白凌不會反抗。

而現在，跟白凌關係良好的我，很可能成為目標。

「晴喜歡女生吧。」

聽到這句話的時候，說實在，我內心並沒有像表面那樣平靜，應該說是十分的慌張不安。

我知道這句話意味著什麼，就像白凌說的：「他們以後會用這個來攻擊妳。」我大概會受到白凌那樣的傷害與霸凌。

但看到她那擔憂我的眼神，一股力量湧上我的心頭。

「白凌把我當成朋友，為了她，為了這段友誼，我會撐下去的。」

那時，我是這麼想的。

然而，我輕看了自己的軟弱。

在那天後，我沒有再去教會。

我退縮了，沒辦法戰勝心裡的恐懼。
而這一離開，就是六年。
我只能在心裡默默地祈禱白凌平安。
當我再度回去，加入少年團契時，見到的就是氣氛融洽的一群青少年，以及仍然溫柔，但不願再與我說話的白凌。
我不知道我不在的這段時間究竟發生了什麼，他們也隻字未提，只是開心地歡迎我，彷彿我第一次進到這個教會。
我很快地又融入到他們之中，尤其和麗禾與日乘關係很好。
在某天，我問了日乘這樣的問題：
「日乘，在這些年間，白凌和白約他們之間有發生什麼事嗎？」
聽到我的話，平常話少穩重的日乘皺起眉頭，看向遠方：
「這個……」

「怎麼了？」我並沒有料到日乘會這樣反應，不免有些激動的問。

他卻只是瞄了我一眼，緩緩地說：

「反正他們之間發生的那件事，妳不會想要知道內情的，我也不是很清楚。」

「那件事？」這三個字使我更加疑惑。

日乘突然猛地轉過頭，睜大雙眼盯著我：

「不過，妳千萬不要去問白凌，千萬不要提起任何事。」

「為什麼……」

對於他說的話，我感到十分不解，但看見他那雙帶有緊張及惶恐的眼睛，我打消了繼續追問的念頭，他也不再說話。

之後，我仍然沒有跟白凌說上一句話，但她卻在半年前離開了教會，似乎沒有任何前因後果，去問白約時，他也沒有給出解釋。

「我也不知道，可能是她最近比較累吧？」白約只是這樣回答。

我的內心隱隱覺得不妥，但很快地便沒有放在心上，白凌一直到了兩個月前才回來，並沒有任何異常，反而勤於跟大家相處。

只是，她的手上多了一雙黑色手套，並且一直穿著黑色的長袖長褲。直到我的死亡，我都沒能和她把話說開，沒有問她到底經歷了什麼，也沒能向她道歉。

我真的很後悔為什麼沒有留下，沒有勇氣和她一起走過這一段我不知道的路途。

這一段路，正是促使她殺了我的原因。

而我到死了也不知道，究竟發生了什麼。

我……也不知道能再說些什麼，就這樣吧。地獄的大門已然開啟。

今晚，白凌沒有做惡夢。

在她起床的幾分鐘後，淚水滑過她白皙美麗的臉龐，滴落到粉色的被子上，白凌已經不知道多久沒度過一場沒有惡夢的黑夜。

同時，她也知道，能有這場美好的睡眠，是自己親手奪取了兩人的命換來的。

白凌還是有些許的罪惡感，但內心也隨著時間慢慢地平靜了。

「因為他們，我做了惡夢，」她不自覺地開口，臉上漸漸浮現出笑容，那笑容，帶著沉穩的安詳與一絲悲傷。

「也是因為他們，我的惡夢即將消失。」

第三章

忍讓

忍讓

「還給我。」白凌伸出纖細的手，乞求似地對著站在她面前的白約及訊說著。

她小巧的腳上並未穿著鞋子，訊手上拿著一雙有些舊的鞋，那雙鞋正是白凌的。

而他將手懸在河上，鞋子正下方是滾滾的河水。

這年是白凌八歲的時候，幾人正在白凌家附近的公園玩耍，訊在白約的配合下，搶走白凌的鞋，並作勢將鞋扔進河中。

一旁的日乘與麗禾只是站得遠遠的觀看。

「快點還給我！」白凌輕輕地皺著眉，焦急地看著訊。

那雙鞋雖舊，但卻是白凌最喜愛的一雙。白凌感受著雙腳接觸到冰冷的石地，而她心的寒冷更勝十二月的石地。

訊的笑容中帶著戲謔的神情，晃晃手中的鞋：「過來拿走啊。」

白約站在訊的身邊開心的笑，看著眼前手足無措的妹妹。

在這個時候，白凌的臉上還是有著笑容：「快還我啦！別玩了。」

在場沒有人看出，白凌心裡有多麼無助焦急。

白約走上前，來到妹妹面前：「如果，我們把妳的鞋子丟下去，妳該怎麼回家？」

白凌看向眼前笑容滿面的哥哥，心中的情緒更加惶然，她根本不想回答，向前跨出一步，然而，白約卻抵住她，用力將她向後推去。

白凌的力量根本不如白約，被直直往後推，而在白凌後面的，是圍住公園的矮草叢。她心裡暗叫不好，但還是只能被白約推著走。

「快停下來。」白凌向哥哥喊著。但白約的眼睛只是閃出興奮之色，向身後的訊大喊：「丟下去！」

「不！」

白凌喊叫的同時，白約用力將白凌一拉一推，她重心不穩，被用力的推出去，眼睜睜看著訊發力，那雙鞋消失在白凌眼中。

白凌摔在草叢中，以坐姿卡在樹枝上，剛修剪而鋒利的樹枝劃破白凌白皙的皮膚，手臂及大腿處流出一滴滴鮮紅的血，一陣刺痛襲來。

白凌茫然地看向前方，看著訊空空如也的雙手，聽著二人歡樂的笑聲。

她的腦中一片空白。

接著，白凌輕輕轉頭，看向日乘的方向，日乘卻早已別過頭，並未看著她，而他身邊的麗禾正摀著嘴偷笑。

白凌緩緩起身，離開草叢。

而她真正想離開的地方，是這幾人身邊。

黃昏時，白凌和白約肩並著肩，一起走在家的路上，他們並未說話，只是默默地走著。

就算白約說話，白凌也不打算回應。

身上那些小小的劃傷不斷傳來刺痛，但白凌的臉上依舊掛著好看的笑容。

比起自己被欺負，白凌更不想回到家時因為自己身上的傷，而讓爸媽擔心。

果不其然，一到家，媽媽馬上關切地問道：「白凌，妳身上怎麼那麼多傷？會不會痛？」

或許是因為心虛，白約馬上接話：「白凌不小心跌倒了。」

而出乎白約意料的是，白凌的笑容變的更加燦爛：「對啊！我摔進草叢裡了。還好沒摔得太重，一點都不痛。」

媽媽仍有些擔心：「妳身上真髒，先去洗澡，我等等幫妳擦藥。」

白凌點點頭，並沒有說什麼。

然而，不說話就意味著白凌要繼續承受。

霸凌依然持續，且愈發嚴重。

※

「還在……」白凌坐在床上低著頭，用戴著手套的手扶著額頭：「果然，要把他們都解決，惡夢才不會出現……」

她抬起頭，望著蔚藍的天空，喃喃自語道：

「第三人・代號良善。性別男。十四歲。即將死亡時間，今天。本名，日乘。」

「日乘？」日乘抬起頭，看見白凌站在他面前，用一個溫和的眼神看著他。

「妳怎麼會在這裡？」日乘站起身，聲音中有些許的驚訝。

白凌指指放在日乘旁邊的白色手機：「我的手機忘了帶走，所以回來拿。倒是你，今天又沒有聚會，幹嘛一個人來這裡？」

「妳也知道，那兩個人……我是說麗禾和晴，她們出事後，我對一些問題感到好奇，想要破解這些疑問。」

「是嗎？對，她們生前……跟你的關係很好呢……」

白凌的臉上浮現些許的悲傷，日乘淺淺一笑：「沒事的，都過去了。」

即使日乘輕描淡寫地帶過，白凌還是聽出他聲音中的落寞及難受。

白凌拿出一瓶飲料遞給他：「這個給你吧，我剛剛買的。」

日乘見到白凌另一隻手還有一瓶，便接過白凌遞來的飲料。

她在他對面的椅子坐下，注視著日乘的雙眼：「不過，我有事情想跟你討論。」

日乘也坐下來，看著白凌認真的眼神：「什麼事啊？突然這麼慎重。」

「我對於這件事也有疑問，想聽聽你的看法，」

白凌戴著手套的雙手撐著下巴，緩緩開口：

「你覺得，麗禾和晴的死，是巧合嗎？」

日乘的表情有些僵住了，眼神有些飄忽不定，他扭開飲料的瓶蓋，喝了幾口，隨後開口：「這事……很難說。老實說，我有點不相信這是巧合。」

「怎麼說？」

日乘看了幾眼電腦，電腦上是他們倆的死亡證明，這是他跟兩人的家長要來的：「麗禾是意外腦出血，晴則是溺斃自殺。晴的死，我真的感到很意外，她的生存意志是非常高，我不相信她會自殺。」

「是這樣沒錯，」白凌接話：「但，她為什麼會……」

日乘再度喝了一口飲料，接著皺起眉頭：

「她不太會游泳，那為什麼要自己去河邊，還自己溺水？我覺得這事不太對勁，我想了很多可能，但都沒有真正合理的解釋。」

聽到這裡，白凌一驚，心想：

「沒想到，日乘想得這麼周到。看來今天一定要把他解決了。」

白凌點點頭：「沒錯，我都忘了晴不太會游泳。那麼，她是為什麼去河邊呢？」

日乘注視著白凌的眼睛：「我得出最合理的結果，晴或許是被帶去河邊，並被推入水中。麗禾也可能是被殺，如果麗禾和晴是被同一個人陷害死的，那個人肯定對她們倆都有仇，而且，他一定就在我們教會。」

「教會中的仇人嗎？」

白凌喃喃說道：「我倒是沒想到有什麼人對她們有這麼大的仇。」

「白凌。」日乘的聲音突然沉了下來。

「怎麼了？」

「我想到了，可能會對她們有仇的人。」日乘一字一句地說著。

白凌有些緊張的吞了口口水。

日乘看著白凌的雙眼，陷入回憶：「我記得，在小時候，我們教會好像有人被霸凌，跟她們也有關聯。如果我沒記錯的話，白約和訊也有一起。妳應該也記得吧。」

白凌的雙眼露出些許的驚訝，接著搖搖頭。

日乘摸著頭，眼神顯出迷茫：「可是，我怎麼想不起來，那孩子到底是誰？」

聽到這句話，白凌不自覺的鬆了一口氣，接著露出一個悲傷的眼神：「是嗎？如果真的是這樣，那孩子因為這樣就殺人，那還真是……可怕……」

她故意說這句話，想知道日乘對這件事的看法。

「不，不要這樣說，」日乘眼神中的迷茫消失了，取而代之的是憐憫：「在那孩子被霸凌時，我一直在旁邊看著，他們真的很過份，這已經不是言語暴力可以解釋的了，他們還……」

日乘的眼中露出些害怕的神色，他欲言又止，似乎在回憶過往所見的。

他吞了口口水：「我相信，那孩子受到的傷害肯定很大。」

聽到這句話，白凌的眼睛閃出一點憤怒的火苗，日乘現在的口氣，就像是發生憾事後，在說出一些憐憫話語的虛偽大人。

她深呼吸幾下，強迫自己冷靜下來：「那，你當時……有幫助她嗎？」

日乘低下頭，看著自己的雙手：「我……不敢做什麼，我那麼瘦小，完全打不過白約和訊，也沒有勇氣與他們對抗，害怕我也被欺負。我，當了旁觀者。」

他重新抬起頭，露出一個勉強的苦笑：「不過，也不一定就是那孩子啦，這只是我的猜測……」

「不，」白凌打斷了日乘的話，她緩緩站起身，她的聲音變了，變得沉穩且冰冷：「殺了他們的，就是那孩子喔。」

「什麼？」日乘看著白凌臉上的笑容：「等一下，妳剛剛說，那孩子殺了她們？」

白凌冷冷的眼神俯視著日乘：「你也難逃一劫了。」

日乘與白凌對視，直面她冰冷的目光：「雖然我大概猜到了，不過我還是希望妳跟我說，妳為甚麼這麼做？」

見到白凌的表情有些困惑，日乘緩緩站起，微微苦笑了一下：

「其實我一直都知道，妳就是那孩子，剛剛只是在試探妳。」

他指指白凌細長的眼睛：「而且，妳看似還充滿感情，但眼中的情感已經愈來愈假了，妳騙得了大家，還是騙不了我的。」

白凌默默地思考了一下，接著微微一笑：「就像你說的，我受到了很大的傷害，我沒有辦法原諒她們。」

日乘嘆了一口氣，看著眼前的白凌：「或許是我沒經歷過，我沒辦法體會妳的感受，更沒辦法想像。」

白凌的眼神中透露著些許的悲傷與無奈，她手伸向自己的手套，接著，拿掉了一直戴著的那雙手套，挽起了袖子。

眼前的景象讓日乘呆住了。

白凌的手臂、手腕、手指上滿是一條條割傷的新舊傷痕，看起來滿目瘡痍，左手前臂更是有一條歪歪斜斜的大疤痕，一直延續到手背。

日乘驚訝看著她滿是傷痕的雙手，好一陣子沒辦法說話，白凌再度開口：「不只這些，在大腿和腹部上有更多傷痕。」

「都是……妳自己……」日乘的肩頭微微震顫，皺著眉頭問。

「是的。好幾次在割時，想要將身體裡的鮮血全部流出，但都及時止住了血，」白凌攤開雙手，向日乘完全的展示：「所以我才能站在這裡。」

「為什麼……這樣做……」日乘的聲音漸漸顫抖。

白凌露出一個悲傷的眼神，輕輕撫摸著手臂上的傷痕：「其實，這些傷並不會痛，因為心更痛。這段日子，我每天晚上都會夢到以前的事情，一直不斷重複著那段地獄般的時光。本來是想轉移注意，但越割，心越痛。」

白凌看向他，與他對視的雙眼流露出一股怨念：「而我的惡夢裡，總是有你的身影，每次我被他們傷害，就會想，為什麼大家都視而不見，沒有任何人來制止，或者是關心安慰我，就算我跟主日學的老師反應，依然沒有任何的幫助。」

聽到這句話，日乘張大了雙眼，呆呆的看向前方。

他想起了那天。

※

主日學下課後，白凌在主日學老師的身邊晃了很久，她正在思索著，該不該向老師說自己被霸凌的事情。

「白凌，怎麼啦？」白凌抬起頭，看見老師正看著她。

白凌吞了吞口水，下定決心。

「那個……我有事想要跟您說……」

白凌將事情的經過跟那位老師說了。

老師微微皺著眉，她點點頭，對白凌說：「所以，欺負妳的是麗禾、訊和白約？」

「是的。」白凌的表情嚴肅，完全不像一個八歲小孩該有的表情。

老師再度點點頭：「那我們一起去找他們說清楚。」

白凌點點頭，心裡十分高興，終於有機會能改變現在的局勢了。

剛好，麗禾就坐在地下室的一個角落，她們倆人到了麗禾前面。

「麗禾，跟我們談談吧。」老師率先開口：「妳是不是有說白凌的壞話？」

麗禾快速地看了白凌一眼，馬上回：「我沒有啊。」

老師接著追問：「剛剛白凌來跟我說，妳、訊和白約會欺負白凌，是不是真的？」

「不是啊，老師，」麗禾再度否認，表情看起來十分著急：

「我真的沒有，不要聽白凌亂說。」

「我沒有亂說，」白凌不再隱忍，大聲地說出：

「你們都會說我的壞話，罵我，一起排擠我。」

「那才不是排擠，只是不跟妳玩而已，我也沒有罵妳。」

麗禾激動的說著，她的眼眶漸漸濕潤，流下淚水：

「妳怎麼可以這樣亂說？」

白凌渾身一震，麗禾的眼淚彷彿要將白凌變為壞人。

老師溫柔的對麗禾說：「別哭了，妳真的沒有，對吧？」

「沒有，我們都沒有，只是不跟她玩而已。」

麗禾一邊啜泣，一邊控訴著，就像白凌才是欺負人的一方。

白凌啞口無言。

但白凌不放棄，腦袋飛速的運轉，如何拿出證據。

她想到了。

「老師，我可以證明我所說的是對的。」白凌對著老師說。

「日乘，請過來一下。」在一旁走動的日乘被白凌叫住，他走了過來。

「日乘，你一定要說實話，你是不是有看到麗禾罵我是白癡、嘲笑我？訊有沒有將我的鞋子丟進水裡？白約是不是推我到草叢裡？」

白凌有些激動，她熱切地看著日乘。

日乘看了看現在的局面，又思考了一陣子。

在這一段時間，是白凌最緊張煎熬的時間。

日乘緩緩地開口。

「沒有，我沒看過。」

白凌愣住了。

她看著日乘的眼中閃現的情緒，彷彿在對她說：「抱歉了，但我不想惹麻煩。」

麗禾的哭聲再度傳來：「我就說沒有，妳這個人怎麼這樣。」

老師一邊安撫麗禾，一邊對白凌說：

「好啦，都有證人說沒有了，那就是沒有。妳堅強一點，不要因為別人不跟妳玩就這樣說。」

白凌淺淺的一笑，這個笑容中，夾雜著滿滿的失望，以及絕望。

她知道，一切都完了。

※

「我累了，我真的很累，醒著時被許多痛苦壓得喘不過氣，睡著後又要遭受惡夢的侵擾，我真的累了。」

看著白凌帶滿怨念的雙眼，日乘輕輕點點頭，心中充滿了愧疚。

他緩緩坐下，雙手抱著頭，身子不住地顫抖，樣子看似痛苦：

「如果我當時幫妳，妳現在就不用殺人了，她們……也不會死了。為什麼……」

白凌聽到日乘聲音中的哽咽，淚水從日乘的臉頰滑落：

「對不起……對不起……我太膽小了……在那時沒能幫助妳……」

聽見日乘如此真誠的話語，白凌微微一笑，這個笑容，是如此的溫暖，眼神充滿溫柔。

聽到日乘如此真誠的道歉後，白凌心中的冷冽與陰暗突然變得溫暖，一直以來壓在她肩頭的，因為霸凌導致的那些重擔，正在快速地消失。

「或許，這就是我想要的？」她不禁這樣問自己。

日乘深深的呼吸了幾口，接著抬起頭，輕輕抹去淚水，與白凌對視：「妳本來打算怎麼殺我？」

白凌指指放在桌上的那瓶飲料，平靜的說著：「剛剛給你的飲料有催眠劑，足以讓你在五分鐘後昏迷。到時候，我會把你偽裝成割腕自殺。」

日乘面容平靜的點點頭，他的反應讓白凌感到十分驚訝，聽到自己結局的人竟然如此平靜。

「不過，其實……」白凌話還沒說完，日乘做出了更讓白凌震驚的舉動。

日乘拿出他鉛筆盒裡的美工刀，狠狠的割了自己的手腕。

鮮血瞬間噴灑出，他身周的地板與牆壁瞬間被染成鮮紅色，彷彿一副駭人的美麗巨作。

他已經割斷動脈。

白凌睜大眼睛，不敢相信眼前發生的一切：「為什麼？」

日乘的表情並非痛苦，而是深深的抱歉：「我已經失敗了。」

「什麼？」白凌語氣中充滿了驚訝與不知所措。

日乘只是輕皺著眉，露出微微的苦笑：

「我的人生，已經失敗了，我最好的……朋友已死，還讓跟我一起長大……的妳……如此痛苦……」

他停頓下來，透了好幾口氣，接著開口：「但是，妳要好好想一想，殺了我們，惡夢……就會結束嗎？傷痕會……消失嗎？」

聽到這些話，白凌愣住了。

她的心中的某塊被觸動。

日乘看著呆立的白凌，輕輕地皺著眉頭：

「快離開吧！我是自殺的。」

白凌看了一眼日乘的眼睛，接著頭也不回的快速離開。

痛楚漸漸擴大，日乘感到意識愈來愈模糊，他看著白凌離去的背影，勉強開口說了句：

「原來……這樣劃……這麼痛……我總算……體會到了……」

懊悔與疼痛的淚水再度流下：

「我……還有很多話……想跟妳說……真是的，我……還是……什麼都說……說不出口……對不起……」

在我有記憶以來，就一直看到白約帶著其他孩子欺負白凌。

一開始，他們看起來像是在玩樂，是孩子之間的打鬧，白凌的臉上也總是掛著笑容。另一方面，我覺得他們是兄妹，應該不會做什麼太過分的事，也相信大家是有分寸的人。

結果情況愈來愈失控，我發現不對時，已經為時已晚了。

那天，就是在公園玩樂，白凌在樹叢中受傷的那次，我清清楚楚看見白凌身上流出的那點點血花。

看到白約這樣對待自己的妹妹，我感到十分驚訝，也十分恐懼，不敢做出任何舉動。在每次「玩樂」時，白凌向我投來的目光，使我的心頭充滿了壓力，也充滿愧疚。

「你為什麼不救我？」

「你為什麼站得遠遠的觀望？」

「你……不打算幫助我嗎？」

白凌的眼睛總是透露了著這樣的訊息。

而我，避開了白凌的目光。

我也知道，自己十分膽小，害怕白約，害怕自己被如此對待。

這也是為什麼我不幫白凌作證的原因，我怕我站在白凌那邊，會被他們記恨，被他們霸凌。

所以，我選擇了躲避，躲避白約等人，也躲避白凌，或許，不看到她那雙充滿求救訊息的眼睛，我的心裡會好受一些。

在我躲避了他們後，也漸漸淡忘了這件事情。

然而，在四年前的某天，我發現白約不再帶著其他人欺負白凌，那四人的關係甚至愈來愈好。

我完全不知道這段時間發生了什麼，只是覺得，或許他們玩膩了，白凌也並未把這件事放在心上，與他們和平共處。

這樣想時，我對她視而不見的罪惡感也慢慢消失。

我和他們過上了一年安寧的時光。

但是，事實證明我想錯了。

霸凌停下的原因，不是他們懊悔或改進。

只是他們的遊戲結束了。

就在某天，我、訊和麗禾一起到白約他們家玩牌，一開始，大家一起聚在白約家的客廳，所有人都很開心，一邊玩牌，一邊說著許多有趣的事情，每個人的臉上都掛著燦爛的笑容。

直到黃昏時，我們莫名的聊起了大家一起長大的回憶。

「感覺你們感情很好欸，以前好像不是這樣。」

當時，我是這樣對著我面前四人說的。

他們幾人相視幾眼，白約率先開口：「現在是這樣沒錯。」

訊馬上接話：「是啊，以前倒是挺有趣的，你都沒看到對吧？日乘。」

他們像是被勾起興致般，當著所有人的面開始聊起。

而白凌依然在場。

「白凌這個人啊，即使打她也不會生氣，只會一直笑，真的很好玩呢，」

訊開始肆無忌憚地說起來。

「雖然打久了是有點無聊，不過還是挺好玩的，她也讓我體會到踩人的頭的感覺，很有趣喔！你下次可以試試。」

訊仍未成熟的臉上掛著笑容，就像是在談論自己喜歡的玩具般。

他用這個表情說著這樣的話，使我的背脊發涼。

「說到這個，白凌真的很耐痛，之前她在彈鋼琴時，我用鋼琴琴蓋砸她的手，她也不會痛，依然在笑，」

白約也開口，那語氣完全不像是在提自己的妹妹。

「我們可是想了好多方法，讓白凌感受到痛呢！」

「這樣好嗎？」看到他們心情很好，我才敢開口問我心裡的疑問。訊歪頭思考了一下，接著開口：「沒什麼不好的，大家都很開心。」

我的心中再度一驚，始終沒辦法相信訊能說出這樣的話。

但下一句話，讓我幾乎停住了呼吸。

這些話是出自白約之口。

「不用想那麼多，白凌就只是一個會呼吸的玩具，你總不會心疼你的玩具吧。」

白凌的哥哥笑著，又再強調一次。

「只是個我們玩膩了的玩具。」

我的餘光注意到，白凌的笑容消失了。

這是我第一次看見沒有笑容的白凌。

「日乘，順便跟你說一件更有趣的事情，」

訊對著我說，臉上的笑容變得深不可測。

我不明白他那個笑容後的意義，於是接著問：「發生什麼了？」

訊、麗禾和白約都笑得非常開心，訊勉強收住笑容，緩緩開口：

「在一次主日學下課，我們幾個玩了一個遊戲，我們啊……」

訊的手輕鬆地撐著下巴，充滿了笑意與對某人的鄙視雙眼，瞄向他對面的白凌。

「我們脫了白凌的褲子。」

「蛤?」我呆住了，徹底的呆住了，我掃視著他們，看見了訊眼中的鄙意，白約因笑而顫抖的肩膀，麗禾偷笑的嘴角，以及，白凌眼中那份悲傷。

那份壓得我喘不過氣的，極度的悲傷。

我迅速別開目光，不願去面對白凌的眼神。

接著，訊拍了拍我的肩膀：「如何啊日乘?很有趣吧?」訊那個不得違抗的眼神震懾住我，使我的嘴角開始上揚：

「真的嗎?那畫面還真是有趣，可惜我沒看見。」

我說出了違心的話語。

剛說完，白凌緩緩起身，悠悠的說了句：

「啊，時間到了，你們該回家了。」

「還有點時間，能再待一下。」

訊看著起身的白凌，眼睛閃著銳利的光芒：「還是，妳很介意剛才的話？都是發生了的事，有什麼好介意的？何況，不是挺有趣的嗎？」

聽了這句話，白凌的嘴角慢慢揚起，慢慢變成一個燦爛的笑容，但她的眼神中，並沒有半絲笑意，這個極度恐怖的表情，深深的烙印在我心中。

「滾吧！各位。」

那時，我若無其事地踏出了她的家門，在之後也一句不說。

一直到了現在，我才發現白凌受到的這些傷害，手上那一道道的傷痕，也是因為我的選擇，我的懦弱造成的，而她的那張笑顏，其實早就滿是憤怒與恨了。

對此，我真的感到非常抱歉，明明我一直都在，卻讓她慢慢從一個內向的小女孩，變成一個殺人兇手。

我……這些年來，到底做了些什麼呢？

或許是這樣的問題，使我走上自殺這條道路，這或許是我唯一能償還白凌的方法，希望這樣，她能夠原諒我，原諒這個可恨的旁觀著。

再見了，我先去找麗禾和晴了。

或許，我會在地獄找到她們。

晚上，日乘慘死的模樣被來找他的會友看到，並且報了警。隔天，發布了日乘已死的消息。

日乘的告別式當天，教會的大家都穿上黑色衣物，來到了現場。

在諾大的房間中，擺滿了白色的鮮花，與眾人的黑衣形成一個對比，日乘的照片掛在白色花海中，他眼中透露著的光彩及朝氣，令人無法相信他已經不在世上。

一排排的位子上坐滿了人，不時發出低聲的啜泣，日乘的媽媽跪在那照片前，淚流不止，房內沒有一人說話，氣氛極度悲傷。

「一個生命的死，都會帶來悲傷，那我……」白凌注視著已淚流滿面的日乘媽媽，她悲傷的背影在白凌眼中無限放大。

白凌內心的想法愈來愈亂：「不對，不對不對，我只是要結束自己的惡夢，如果他們當時能阻止，就什麼事都不會發生，可是……」她輕輕環顧四周，人們臉上那悲傷、疑惑的情緒，衝擊著白凌的大腦，也觸及著她原來那柔軟的心。

「這，真的是我想看到的嗎？」

想到這裡，白凌感到一陣不舒服，她慌忙摀住嘴，戴著手套的手不斷顫抖，她知道自己已經無法在這裡待下去了，在告別式未結束前，白凌快速離開，奔回家中，將自己關在房內。

白凌坐在床上，讓棉被及玩偶包圍著無力的身軀，像是希望得到倚靠的孩子般，緊緊抱著自己的雙腳，眼中充滿迷茫，腦中的情緒不斷拉扯著白凌的心，白天聽到的各種聲音不斷在耳邊回響。

「為甚麼會這樣？」

「已經死了三個人了。」

「為什麼……偏偏是我家兒子……」

「到底發生什麼了？」

「為什麼想不開？」

「他們究竟在想什麼？」

「真是脆弱的年輕人……」

「我的人生怎麼那麼不順……遇上這種事……」

「這是一間被詛咒的教會。」

大腦充斥著龐大的訊息，責備、不解、無奈、憤怒等帶著情緒的話語摧殘著白凌的心，以及一張張帶著淚水的悲傷臉龐，仍在她腦中迴盪。

白凌痛苦地抱著頭，低語著：「我……想要解脫……想要從惡夢中解脫……但是，一定會讓其他人痛苦，變成他人的惡夢，我不想看到這樣的事。我什麼時候從受害者，變成加害者了？」

這幾句來自白凌口中的話，不斷的刺痛她的內心，溫柔細膩的本性隨之回到。

「說不定，他們已經……改進了，像日乘那樣……會和我道歉，理解我的痛……能和我好好相處？和我……道歉？」

她喃喃的念著，他們的身影出現在白凌腦中。

這個不曾存在的，七個人和諧相處的畫面，出現在白凌眼前。

「就像日乘說的，傷痕不會消失，永遠會留下。但是，如果他們和我道歉……應該會……」

想到這裡，白凌的額上滲出汗珠，心裡彷彿出現一絲希望之光。

「妳……難道想要放棄？」

她內心深處最黑暗的角落，傳出了聲音。

白凌緩緩抬起頭，眼中出迷茫，不由自主地開口回應：「我……」

「妳在猶豫。」那不知男女老少的聲音再度傳來，一個個冰冷的字從內心擴散：「妳難道忘了當初訂好計畫時那期盼的心情了嗎？妳別忘了，那承受過的傷痛，那些做過的惡夢，是一句道歉可以還得嗎？那些惡夢能這樣消失嗎？想想妳身上的傷痕……」

白凌看向自己的手臂，那條幾乎長達三十公分的傷痕，她當然記得割下它的那天。

那天她淚流滿面，整個人都失去了力氣，包括活著的力氣。

她顫抖的雙手連忙翻找著抽屜，拿出一把鋒利的美工刀，狠狠朝自己的手臂刺下。

鮮血噴灑，疼痛襲上她的腦袋，令她感受到活著的感覺。

「我……還在……我……還活著……」

淚水失控般的落下，與手臂上的鮮血融合。

她心念一橫，帶著絕望的情緒，猛力割開手臂。

「看看妳想盡辦法隱藏的傷痕，為何要隱藏？是怕被同情？還是怕打斷計畫進行？」白凌「聽」著這些話，眼眶漸漸濕潤，她自己非常清楚，她對那聲音充滿依賴及恐懼，那是一直支持著白凌殺人的聲音，也是唯一一個無時不刻都在她身邊的聲音。

然而，它現在散發出的氣息，卻帶給她無盡的恐懼。

「可是……那些無辜的人們……他們卻也嚐到悲傷的味道……」

白凌有些哽咽的說著，淚水在她眼中閃爍。

「我就是知道悲傷的痛苦，才會殺了他們啊！」

最後那句，幾乎是用喊出來的。

「妳是打算收手？已經到了這個地步，妳以為還有辦法選擇嗎？」

那聲音再度響起，那不喜不悲、不疾不徐的音調迴繞著白凌：「妳是個聰明的人，就讓他們看看，妳的能力，用妳的雙手，把他們都解決吧！來嘛！都準備好了，拿起那鋒利的刀，刺進他們的身……」

「閉嘴！！！」白凌大聲怒吼，用力將在身邊的玩偶摔向前方。
她大口呼吸，胸口不斷起伏，眼眶隨即流下淚水。
她雙腿一軟，跌跪在地上。
那把聲音所說的，正是白凌內心所有想法。
她無法忘記一切，更無法原諒他們，但名為「溫柔」的東西禁錮著白凌的手，而那東西，正是她的本性。
白凌漸漸冷靜下來，撿起剛剛摔飛的娃娃，溫柔地抱著它。
「沒事，不要怕。」白凌輕輕拍著娃娃的背，露出一個慈母般的微笑。
然而，她真正想緊緊擁抱、真正想對她說這五個字的對象，是她自己。

今天的主日聚會，教會死了三個人，沒什麼人來出席聚會，在場的也只有寥寥幾個會友。

白凌還是去了教會，但她內心不斷反覆琢磨昨天的話，並沒有聽進牧師說的任何一句話語。

主日結束了，幾個人在地下室互相問候、聊天，白凌獨自一人坐在角落，低著頭。

「妳還好嗎？」

白凌抬起頭，看見齊名、訊和白約站在她身前，齊名向她投來關心的眼神，訊和白約則是默默地站在後面，並沒有看著白凌。

白凌的眼中瞬間蓄滿淚水，看著齊名，輕聲地說：

「已經……死了三個人了……」

齊名點點頭，眼中也些許的疲憊：

「是啊！到底，為什麼會這樣呢？」

白凌在度低下頭：「我……不知道……」

這時，齊名換了一個輕鬆的口吻：「沒事的，他們死跟妳又沒關係，跟我們也沒有關係，他們只是自己想不開。我們不必感到傷心。」

白凌抬起頭，有些愣住了，因為她聽到齊名聲音中的情緒，那個沒有一絲難過的情緒，事不關己的語調。

這樣的情緒，曾經深深的傷過白凌的心。

白凌緩緩看向白約，白約眼中也沒有難過或不捨。

「冷血……」白凌心裡出現了這兩個字。

「他們，都不會有任何難過，對我也一樣，不會有抱歉。可是，殺了人的我，有什麼資格批判他們？」

在內心的混亂之下，白凌顫抖的嘴唇緩緩地說出：

「說不定，他們……不是自殺，」

三人同時把目光聚集到她身上，白凌深深吸一口氣，說道：

「下一個死的人，很有可能……就是我們其中之一……」

「啪！」一個清脆的響聲打斷了白凌，只見訊兩步上前，狠狠的打了白凌一巴掌，她白皙的臉龐瞬間出現一塊紅印。

白凌瞪大雙眼，一股火辣的疼痛瞬間爬上心頭，這響聲也引起在場其他人的注意，幾道目光朝白凌他們投去。

接著，訊一把將白凌從椅子上拎起來，白凌像個木偶般被提起，身體沒有一絲力氣，四肢都無力地垂著。

訊將她拉近面前，咬牙切齒的說：

「妳這是什麼意思？是說我們被人盯上了嗎？妳是從哪裡得到這個結論的？還是妳就是那個殺了他們的人？」

「冷靜一點。」

齊名抓住訊的手：「雖然你姐姐也死了，但也不能這樣對白凌啊！」

「閉嘴！」

訊憤怒的大喊：「打她怎麼了？有錯嗎？而且關你什麼事啊？」

白約也上前，拍拍訊的肩膀：「走吧，別管了。」

訊的眼睛狠狠盯著白凌，彷彿要將她撕碎。

他放開白凌，她瞬間坐倒在地。接著，訊轉身與白約離去。

白凌仍然坐在地上，眼睛直直地盯著前方，沒有一絲感情。

那些在一旁投來的那一道道目光並未離去。

而目光的主人也沒有作出任何作為。

齊名蹲到白凌面前：「妳沒事吧？」

「現在的孩子都怎麼回事？」

白凌聽到了一把聲音，說了這麼一句話。

「閉嘴，」白凌冷冷地說了句，內心的江水漸漸變得洶湧。

齊名有些遲疑：「可是……」

「真是的，別管了吧！反正年輕人常起衝突。」

不知從哪傳了的聲音，刺中了白凌的心，這一刺，粉碎了她心中的某些東西。

「閉嘴！！」白凌怒吼一聲，震懾住了在場所有人。

她站起身，快步跑出地下室。

她一直跑，全然不顧路人異樣的目光，她跑到一個小巷中，停下來喘息。

白凌的嘴角緩緩上揚，而這個微笑中帶著一股她內心深處的那把聲音再度響起：「妳，不需要批判他們，」

在她心中粉碎的東西，是溫柔。

白凌緩緩地張口，口中說出的話漸漸與內心的聲音重疊：

「我要做的，也並非是『結束惡夢』這種爛事，這只不過是個藉口罷了。」白凌站直了身，緩緩地將一直不離身的手套脫去，隨意的丟在地上：「我，要替自己復仇，」

她看著自己滿是傷痕的手掌，緩緩地說：「讓他們為自己做過的事情、說過的每一句話付出代價，付出自己的性命。」

她在說這句話時，已淚流滿面。

第四章

恩慈

恩慈

「我們來玩個遊戲吧！」在一個星期日的下午，訊對著白約說。

那天，大人們都在樓上開會，白凌及訊等四人呆在空蕩蕩的地下室無所事事，白約看向訊那興奮的眼神：「玩什麼？」

訊向麗禾招招手，三人小聲地正在談論什麼。

此時的白凌並未注意到，幾人在談論時那開心的笑容。

「白凌，」

白凌轉過身，看著站在他身後的白約：「怎麼了？」

白約笑著看向白凌：「我們要玩個遊戲，妳要不要一起？」

白凌也些遲疑地看著哥哥，而白約只是拍拍她的肩膀：

「人多比較好玩，妳會跟我們玩，對吧。」

白約的語氣有著讓人不可拒絕的感覺，她只好點點頭。

看到她的答應，白約接著說：「等等麗禾會放音樂，音樂停了就不能動，違規會懲罰喔。妳懂了嗎？」

白凌再度點點頭，露出那一貫的笑容：「來吧！」

音樂開始了，白凌在地下室隨意地走動，仍在思考這場遊戲的意義，但始終沒有想到白約為何突然找自己玩遊戲。

她並沒有看到訊在遊戲前與另外兩人說話，並不知道這場遊戲的發起人是訊。

但很快的，白凌知道了這場遊戲的意義。

音樂停住了。

白約扯下了白凌身上的那件黑色裙子。

在白凌還未意識到事情的發生時，一陣爆笑聲襲來，用力的衝撞進白凌的內心。

那一刻，白凌本就充滿傷痕的心靈，碎成了千片。

「白凌，現在音樂停了，妳敢動就死定了。」

白約忍著全身的笑意，指著呆立在原地的白凌說。

然而，白凌並沒有聽到他說的話。

她緩緩撇向左邊，坐在矮桌上的麗禾，麗禾手中抱著用來播音樂的平板，正笑得開心，並沒有重新播放音樂的意思。

白凌的目光漸漸轉向右邊，訊和白約正站在那裡，不斷的嘲笑她。

慢慢的，一行淚水從白凌的眼角滑落，滴到那白磁磚地上。

那一刻，她的世界中，只剩下無盡的絕望。

「她哭了。」說話的是訊。白約看向白凌的臉龐，目光落在那兩道淚水上，訊收起笑容，一臉訝異：「這還是我第一次看她哭。」

接著，白凌違反了遊戲規則。

她迅速的將裙子拉上，跑出了地下室。

而烙印在白凌心底的，是那昏暗的燈光，那三人臉上的笑容，以及永遠無法復原的，那碎裂的心。

之後，霸凌便漸漸消失了，白凌也將自己的內心關閉，不讓任何人靠近，更別說進入她的內心。

然而，在過了三年這樣的日子後，一切發生了改變。

而那改變，是白凌無法控制的。

也就是在一年前，在白凌升上國一時，也加入了教會的少年團契，這是在白約等人離開兒童主日學後，七人第一次坐在一起聚會。

白凌的心中充滿不安與恐懼，在場除了以前沒什麼交集的一位少年，剩餘的五人都是讓她受盡了痛苦，是她一場場噩夢中的主演。

白凌不知道自己為何要加入他們，為何要坐在這個用痛苦回憶搭建起來的地下室。

「嗨，妳也上國中了啊！」一把聲音在白凌身旁響起，白凌轉頭，看見一位少年拉了一把椅子，坐在她旁邊。

少年名叫齊名，比白凌大一歲，只比白凌晚來教會一些時間，不過一直沒和白約或訊變成朋友，在兒主時也沒和白凌說過話，這次的搭話，引起了白凌的注意。

「你是齊名對吧！之前都沒跟你說過話。」白凌回應了他。

「對啊！」齊名臉上那陽光開朗的笑容，莫名的讓白凌感到溫暖。

在團契時，齊名時不時就向白凌說話，也都有意無意地坐在白凌身邊，一開始白凌有些不習慣，但漸漸地，心裡不自覺的開始期待與齊名說話，期待去參加團契，期待見到他。

兩人在交談中非常開心，令白凌漸漸忘記教會帶來的陰影，變得愈來愈開朗快樂。

白凌也漸漸的將快樂的內心寄託，放在了帶給她溫暖的齊名身上。

有次，齊名對白凌說：「妳知道我有個妹妹吧！」

白凌想起了在兒童主日學見過的一位可愛女孩：「知道。」

齊名與白凌肩併肩坐著，看著地下室的牆壁，眼神有些悲傷：「我很喜歡我妹妹，但妹妹跟我關係不好，或許是因為我們性格都很強勢，她好像不是很喜歡我。」

「是嗎？」白凌側頭，看向齊名的眼睛，他的眼中雖然帶著悲傷，但更多的是溫柔，白凌很少看他露出這樣的表情，有些呆住，不經脫口而出：「我倒是覺得，能當你妹妹是件很幸福的事。」

在說出這句話時，白凌想到了白約，她的哥哥，以及哥哥做過的那些事。

頓時，她陷入了黑暗冰冷的回憶漩渦，表情也黯淡了下來。

她低下頭，不再看齊名。

白凌的身體正在微微顫抖。

齊名聽到了這句話，眼中的悲傷消失了，一股溫暖湧上心頭，他輕輕的拍拍白凌的頭，溫柔的說：「妳也是個很好的妹妹啊！」

白凌的心中的寒意被瞬間驅散，心跳漸漸加速，她看著齊名投來的溫柔視線，並未抗拒齊名摸自己的頭。

從這個時候，白凌意識到，自己喜歡上齊名了。

在六個月前，白凌與齊名已經變成了很要好的朋友。

然而，有件事一直懸在白凌的心頭，那就是，齊名在這段期間和白約、訊的關係變得非常好。

雖然他並沒有因此不理白凌，但她心中一直有不祥的預感。

而所有異狀，都將在今天爆發。

這個寒假的最後一天，而少年團契要去海邊淨灘健行。

一行人在教會集合，準備前往海邊，這時，晴走到白凌身旁，小聲地對她說：

「白凌，我剛剛聽到，訊和齊名、白約說，他們今天不要理妳。」

「什麼？」白凌皺眉看向晴。

「怎麼可能？妳不要亂說，齊名是我朋友，他是不會這麼做的。」

晴擺擺手，嘆了口氣：「我只是提醒一下，信不信隨妳。」

說完便回到了日乘和麗禾身邊。

白凌心中那不安漸漸擴大，她看往齊名的方向，他正開心的與白約說話，而白凌的目光，落在訊的身上。

訊的表情似笑非笑，而他正看著白凌。

就像晴說的，這一路上，齊名都沒有對她說半句話，並且沒有一個人來找她、陪伴她。

白凌一邊淨灘，一邊聽著其他兩組人所發出的笑聲，那些充滿陽光朝氣的笑聲，如同今日的陽光般耀眼，而這笑聲一直敲打著白凌的內心，並不是因為孤獨，而是因為每過一秒，白凌的心中「齊名要離開我」的想法正在不斷加深。

她心裡只想要淨灘活動快點結束。

時間過得很快，轉眼就到了日落時分，幾人一起走回搭車的地方，白凌遠遠的在後面，一個人走著。

這時，一直走在前頭的齊名走到了她身邊：「白凌」

白凌看著他，露出一個開心的笑容，一天中不安的情緒彷彿正在快速消失。

「果然，齊名是不會無視我的，我在他心裡肯定是重要的。」

白凌壓抑開心的心情，問到：「怎麼了？」

「妳跟訊之間是不是有什麼過節？可以告訴我嗎？」

看著齊名認真的眼神，白凌思考了一會兒，輕聲開口。

「齊名，我現在只相信你，只跟你說這些。在七年前，我被訊他們霸凌。」

※

在夢到這裡時，白凌緩緩地張開眼睛。

這是上次和訊起衝突後的第五天。

她從床上坐起來，眼神中沒有任何情感。

今天的目標，正是齊名。

白凌撥通了齊名的手機號碼，不出所料，齊名馬上就接起電話。

「白凌？」

白凌馬上換了抱歉的聲音：「齊名，五天前的事……我真的很抱歉，你明明沒做什麼，我的態度卻那麼糟。」

電話的另一頭停頓了一下，接著回應：「沒關係啦！妳被訊這樣對待，心情不好也是正常。妳的臉……還會痛嗎？」

聽到齊名對她的問候，白凌心頭一緊，眼神出現了一股複雜的情感，手下意識地輕撫被訊打的臉龐。

她用溫和的語調回應：「沒事了，只是當下有點痛。對了，今天晚上，我想跟你見個面，就只有我們兩人。」

「是喔，」雖然不明顯，白凌還是聽出了齊名的語調變得欣喜：「那七點在教會門口如何？那時通常沒人。」

白凌的嘴角微微上揚，她當然知道那時沒人，在教會死了三人後，根本沒有人敢在晚上去教會。

「好啊，期待明天見到你。」說完，白凌掛上電話，隨手將手機拋到床上。

她脫下了一直穿著的黑色長褲，拆開用來遮住傷痕的繃帶，將一件白色短褲套入細長白皙的腿，露出了大腿上那一條條傷痕，也換下了黑色長袖上衣，卸下繃帶，穿上短版白衣，露出傷痕累累的背部及雙臂，她看著鏡中的自己，滿身淒厲的傷痕，但在白凌眼中，卻是充滿生命力的全新身軀。

「好美……」

她緩緩張口，說了這句話，臉上出現欣喜的笑容，那笑容，像是看見了新玩具的孩子：「這……才是我……真正的樣子……」

接著，她打開那巨大的衣櫃，拿出一個包包。

確認了房門已鎖緊後，打開包包，那包包裡裝著一堆小刀與大把的菜刀，以及幾包粉末和一綑麻繩，那就是她用來殺人的道具。

白凌將麻繩和一包迷藥拿出來，並且拿了一把菜刀，確認了刀鋒的銳利，她檢查了麻繩是否夠堅韌，在確定後滿意把這三樣物品放入另一個包包，並把黑色包包重新收起。

白凌一邊整理一邊喃喃自語。

「雖然應該用不到刀，不過帶著也好。」

她靜靜地等待夜晚的來臨。

在七點時，白凌來到了教會門口，看到齊名已經站在那裡的身影，白凌心中竟生出一絲悲傷，她猛力搖搖頭，想揮去心中的悲傷。

白凌朝齊名走去：「你好早來啊！有等很久嗎？」齊名轉頭看向她，原本有些緊繃的臉也放鬆了，他微微一笑：「我才剛到啦！對了，妳為什麼想見我？」

「我們進去再說。」白凌拿出通往地下室的鑰匙，打開了厚重的鐵門，齊名和白凌一同進入，齊名的目光落在白凌握著的鑰匙，以及那滿是傷痕的手臂。

「妳為什麼有鑰匙，妳的手又是怎……」話還沒說完，白凌拿出一塊布堵住齊名的口鼻，那塊布上有迷昏藥，齊名感到一陣頭暈，接著身體失去力量，倒了下去。

白凌及時抱住他癱軟的身軀，感受著齊名穩定的呼吸及身體的溫度，輕撫著他一頭黑髮。

「鑰匙當然是從日乘死的時候，我從他那拿來的。」

她輕聲在他耳邊說著。

「等等再見了，齊名。」

齊名緩緩張開眼睛，發現自己正在昏暗的教會地下室，他並不知道自己昏迷了多久，也不知道現在的時間。

同時，他發現自己靠著牆，站在一張椅子上。

他緩緩的伸起手，觸碰到脖子上圈著的一條粗麻繩，麻繩綁在天花板的鐵環上，一股恐懼爬上齊名心頭，他知道，如果自己的腳底離開椅子，自己很快就會死去。

他輕輕向左右張望，注意到黑暗中站著一個人：

「白凌……是妳嗎？」

白凌從黑暗中走出，在距離他兩公尺處站定，她明亮的眼睛冷冷的看向齊名，齊名看見那眼神，一股詭異的氣息傳到齊名身上。

雖然是盛夏八月，地下室十分悶熱，可齊名還是打了個寒顫：「白凌，妳怎麼在這？放我下來好嗎？」

白凌並未回話，只是繼續默默地看著他。

「白……凌？」

那股異樣愈來愈明確，她身上散發的氣質，令他無法相信眼前的人是那個溫柔愛笑的白凌。

這時，白凌的嘴角漸漸上揚，舉步慢慢地朝他走去：

「你知道，為什麼你現在會在這裡嗎？」

齊名有些不明所以，勉強擠出一個笑容，想緩和僵硬的氣氛。

「妳不是把我找來嗎？先放我下來好嗎？」

「我不是指這個，」白凌搖搖頭，無視了他後半句話，一雙眼睛彷彿看穿齊名：「我指的是，我為什麼要殺你。」

齊名緩緩收起臉上的笑容，站在椅子上的雙腳微微顫抖，他沒想到白凌如此直白，便問出自己心裡的疑問：「所以，麗禾、晴和日乘都是妳殺的？」

白凌並沒有回應他，只是自顧自地說話：

「啊！你好像不知道這件事的所有過程，所以問你也沒用。」

「回答我！」齊名有些激動地大吼，因為他一激動，腳下的椅子微微晃動，可白凌仍然一臉平靜，並未受到他情緒的影響，只是輕輕將滿是傷痕的食指放在嘴唇上：「噓，冷靜點，那椅子不太穩，我還沒想讓你那麼早死。」

在聽到這句話的同時，齊名再次注意到白凌手指上的傷痕，他皺眉，看了看白凌全身，目光落在那一道道淒厲的傷痕，一時之間說不出任何話。

白凌拉了張椅子到齊名面前，站了上去，兩人的臉距離不到十五公分，她細長的手指輕輕撫摸齊名的臉龐，臉上的笑容透露著些許的興奮與瘋狂：

「我來給你講一個故事吧！一個七年前的故事。七年前，有一個小女孩，被她最喜歡的朋友和最愛的哥哥欺負，她雖然痛苦，但也默不作聲，因為，她不希望傷到她所愛的人們。然而，妥協並沒有獲得拯救，女孩的心越沉越深。終於，在六個月前，女孩的心，碎了。」

白凌臉上雖掛著笑容，然而，齊名看到她那笑容後隱藏著的痛苦和悲傷，還有無限的恨。

白凌收起笑容，指著齊名鼻尖：「然而，女孩的心之所以破碎，是因為你。」

「因為……我？」齊名的眼中透露出疑惑。白凌跳下椅子，背對著他：「雖然，你並未參與七年前開始的霸凌，但，你還記得在淨灘時，我跟你說過的話嗎？」

齊名皺起眉，腦袋裡緩緩浮現出六個多月前，白凌說過的話。

※

「齊名，我現在只相信你，只跟你說這些。在七年前，我被訊他們霸凌。」

白凌輕聲地說出他們的所作所為，然而，齊名開口說的話，令白凌感到毛骨悚然。

「七年前，他們不是還小嗎？妳怎麼記到現在啊？妳這麼記仇？」

齊名語氣輕鬆地說：「妳就原諒他們，多久以前的事，而且又沒怎樣。」

白凌有些呆住了，她想都沒想過，齊名會出現如此平靜的反應，那個和她關係如此好的齊名，正在幫欺負她的人說話，還指責了自己。

她的語氣變得有些急促結巴：

「可……可是，我……我真的不好受。」

「他們只是在玩吧！別那麼認真。訊是我朋友，我知道他不會隨便去招惹別人，肯定是妳去惹到他們吧！」

白凌默默地繼續走，很小聲地說了一句：

「所以，都是我的問題？」

而這句話，還是被齊名聽的一清二楚，齊名聳聳肩：「或許吧。別小題大作。時間可以沖淡一切。」

他說完後，白凌就不再說話。

以後的日子，白凌就不像以前一樣跟他聊天。

白凌在一星期後消失了，一直到兩個月前才再度回到教會團契。

她回來時，彷彿一切都沒有變化。

除了，手上戴著的黑色手套，以及手套下的傷痕。

※

想起了六個多月前的交談，再將白凌所說的故事串連後，齊名忽然明白了白凌一直所處的環境，以及那些傷痕的意義。

「對不起，我……」齊名低下頭，聲音也明顯小了許多：「我沒想到，妳受到那麼大的傷害，會讓妳傷害自己，甚至是殺人。對不起。」

白凌回頭看向他，露出一個微笑，這個微笑，帶著些許的開心與抱歉，與一些些幸福：「你沒必要道歉，」

齊名聽著她的語氣，心裡更感抱歉。

白凌再度走近，語氣一轉：「可是，我還是不會收手，我得要替自己報仇。在死前，你有什麼想說的？我聽你說。」

聽到這句話，齊名的心中一涼，死亡的恐懼使他的心跳不斷加快。

而此時，白凌的心跳也十分快速。

齊名始終沒有發現，白凌面對他的時候，眼中的冷漠有多麼勉強。

全部的瘋狂與坦然都是她強裝出來的。

白凌不斷地說服自己，要盡快殺掉齊名。

但她做不到。

她是多麼渴望能聽到齊名的聲音，也渴望齊名能說出一些話，讓自己失去殺他的動力。

唯獨齊名，是白凌真的不想殺的人。

她真的很喜歡他。

齊名張開顫抖的雙唇，緩緩地說出了一句話：「我只想說……」

白凌的心中十分期待，她靜靜地聽著。

「他們也是生命啊，為什麼一定要殺了他們？」

這句簡單的疑問，在白凌耳中卻是充滿責備。

白凌在這句話中，聽出了另外一個意思。

「小題大作。」

她臉上短暫出現的快樂與心理的渴望，徹底的消失了。

無數個回憶片段湧入她心頭。

自己悲傷孤獨的背影。

「跟那白癡坐在一起，飯都變難吃了。」

那些不斷隱忍的傷痛。

「好啦，都有證人說沒有了，那就是沒有，妳堅強一點，不要因為別人不跟妳玩就這樣說。」

那些曾經流過的鮮血。

「我們可是想了好多方法，讓白凌感受到痛呢！」

「沒什麼不好的，大家都很開心。」

「白凌就只是一個會呼吸的玩具，只是個我們玩膩了的玩具。」

「我們脫了白凌的褲子，有趣吧。」

「打她怎麼了？有錯嗎？」

那一次次的晚上，白凌坐在窗台上，看著腳下的行人與汽車，微微一笑。

「只要下去了，就結束了吧？」

這些片段，快速地在白凌腦中閃現。

而這些煎熬的經過，被齊名輕描淡寫地帶過。

白凌的眼神不再勉強。她再度踏上椅子，拿出之前準備的菜刀，割掉那條綁著齊名脖子的麻繩。

齊名心中疑惑，不知道她要做什麼，正準備要下來時，白凌抓住他的衣領，用一股強大的力量將他摔下椅子，齊名沒想到白凌的力量如此之大，他的頭重重的撞到地板。

「啊！」

白凌迅速地坐到他身上，將他壓在地上，瞪大的雙眼盯著齊名的眼睛，大喊：「你們無數次害我在死亡邊緣遊走，因為你們，我流乾了眼淚，失去了一切。」

白凌的眼淚奪眶而出，齊名看著她的雙眼，那雙充滿了恨與失望的眼睛，以及不受控制的淚水。

「他們根本沒把我當成人。」

接著，她高舉菜刀，用力刺進齊名的肚子。

齊名不可置信的瞪大眼睛。

白凌眼中充滿了激烈的負面情緒，然而嘴角還是掛著笑容，這不搭調的兩個部位編造出一個駭人的面目。

她將菜刀拔出，再用力刺入，一抹鮮血噴到她那蒼白的臉上，與淚水混合。

「為什麼?為什麼我要一直愛著這個人?」她撕心裂肺的大喊，又拔出刀，瘋狂的將刀送入齊名的軀體，而她身下的齊名，已然斷氣。

「為什麼，我要期待能放過他，期待有他的未來?」

她再度將刀刺向齊名的遺體。

過了一陣，白凌面容回復平靜，她緩緩站起，看著齊名的慘死的遺體，露出一個淺淺的微笑。

接著，她伸起手，抹乾臉上與血混合的淚水。

「結束了。還剩兩個，兩個……」白凌呢喃地說著。

她拿出那張七人合照，冷冷地看了一眼。

那雙眼中徹底的沒有任何感情。

白凌將照片丟到齊名身上，照片瞬間被溫熱的鮮血染紅。

「一個都不留。」

從在少年團契見到白凌後，我便注意到了這個女孩，那成熟的姿態，清晰的頭腦，十分具有親和力的笑容及溫柔的個性，在滿是青少年的空間下顯得有些格格不入。

以前在教會時都沒怎麼注意到她，現在好好的觀察，卻有一股不協調的氣氛，感覺笑容的後面，有著什麼不得了的故事。

於是，我主動的找上了她：「嗨，妳也上國中了啊！」

她抬起頭，雖然只是短短的瞬間，我還是看到了她眼中閃過的一絲恐懼。

不過很快的，她露出淺淺的笑容。

「你是齊名對吧！之前都沒跟你說過話。」

看見這幾個反應，我對白凌這個人愈來愈感興趣了。我想知道，在我呼喚她的那瞬間，她在害怕什麼。

從今以後，我開始常主動跟白凌聊天，不管有沒有回應，我都會和她說話，而她一開始也只是微笑，但漸漸的，她開始開口回應我。

我們經常聊天，在聚會的空閒時幾乎都在和她說話，隨著時間的過去，我發現白凌不只是在被我呼喚時會恐懼，她在教會的每分每秒，都在害怕，而之前看到的不協調，也是因為在這樣一個穩重的人身上，卻存有這樣一份深刻的恐懼。

我開始好奇那令她恐懼的事情，而我想到了，我有一個和白凌一起長大的朋友，或許去問他，可以得出什麼結果。

就在淨灘的前一天，我找上了訊。

「訊，你也是從小就在教會長大的對吧？」

「是啊。」

訊有些疑惑的看著我，一邊收拾著身邊的物品：

「怎麼突然問這個？」

「那你知道，白凌以前發生了什麼事嗎？」

聽到這話，訊的雙手停了下來，他皺著眉，語氣顯得非常不好。

「我給你一個忠告，白凌不是什麼好人，不要靠近她。」

他說完便轉身要走，我連忙上前拉住他：「所以是怎麼了？」

他轉過身，認真的看著我。

「淨灘時我再告訴你，我要先走了。」

於是，在淨灘那天，我選擇一路跟著訊，聽他說以前發生的事情。

那天，我得到了一個消息，訊和白凌之間好像有什麼不愉快的事情，讓訊忍不住跟她起爭執，一開始，我相信訊說的，於是在聽到白凌說出「霸凌」這兩個字的時候，我並不覺得是嚴重的事情，而是以為只是一般的爭執，而卻被她說成了霸凌。

於是，我便沒有再理會白凌。

我以為她在無理取鬧。

但在活動結束後，我仍然覺得有些不妥，於是回家跟日乘傳了訊息，在我不停的追問下，日乘才說出霸凌的細節。

白凌受到了訊等人的霸凌整整三年。

而我卻現在才知道真相。

我終於知道白凌究竟在怕什麼。

白凌怕的正是訊等人，以及被別人傷害。

到現在還記得，我當時有多憤怒。

在下次見到訊的時候，我用力的打了他一拳。

在無人的地下室，他詫異地看著我，聲音有有些下沉：「你這是什麼意思？」

我眼看著他，努力平復心情，對他說：「是你霸凌了白凌對吧？到底為什麼？」

「我討厭她還需要理由嗎？」

訊的聲音有顯得冷靜，他並沒有因為我剛剛那拳生氣，反而認真的看著我：「齊名，你該不會真的把白凌當成朋友吧？」

聽到這一句話，我居然說不出話來。

他看著我有些僵硬的表情，微微的一笑：「先跟你說清楚，白凌不是什麼好人，你自己好自為之，我也不想管你這些。」

也是聽到訊的提問，我真正發現到，白凌在我心中，是我重要的朋友，是我非常重視的人。

如今，我死在了她的手下。

而這一切是我造成的。

我真的很後悔之前說過的那些話，如果我陪著白凌，幫助她度過這些，事情是不是就會好轉了呢？

我最後悔的，是我沒有保護好她，沒有保護好我重要的朋友。

或許，這樣的結局，很適合我這種人吧！

在殺了齊名的當天晚上，白凌夢到了那一個下午。

那一個差點送命的下午。

※

在她行動的六個月前，也就淨灘後的兩天。

在家中，白約放下手機，對白凌說：「白凌，等等訊會來我們家。」

「為什麼？」白凌睜大雙眼，不解的問。

白約將手機遞給白凌，上面是他與訊的通訊紀錄：「他爸媽剛好有事，麗禾也不在，所以來我們家一個下午。你要和我們一起玩嗎？」

白凌將手機還給白約，別過頭：「才不要呢。」

「為什麼？」

白凌擺擺手，嘆了口氣：「我和他磁場不合，而且他看起來很討厭我。」她並未把心中的感受說出來，不想讓哥哥擔心。

「好吧！」

白約嘆口氣，表情顯得有些失望：

「如果妳考慮好，隨時可以加入。」

不久後，訊踏進家門，白約開開心心的去迎接他了，白凌卻只是待在自己房間，猶如將自己鎖在安全的心房，不願踏出來。

不知為何，白凌有一股不祥的預感，可能是因為對訊不好的記憶，也可能是純粹的直覺。

但外面開心的歡笑聲卻讓她有些動搖。

「說不定，訊已經變了，不再像以前那樣了？畢竟過了四年……」

白凌喃喃自語道。

這時，白約打開了她的房門：

「白凌，我們要玩躲貓貓，你要不要一起，三個人比較好玩。」

「嗯……」白凌遲疑了一下，但想起剛剛的歡笑聲，還是點點頭。

「好吧。」

她走出房門，與他們一起玩了。

在玩了幾局後，白凌感到非常開心，事情沒有她想像中的那麼極端，訊也沒有像想像中的可怕，甚至有一股可愛的感覺。

之前那股不安感漸漸在白凌的心頭消失。

「或許，我能和他變成朋友呢。」

很快的來到下一局，訊當鬼，白凌與白約開始找地方躲，當白凌在找地方時，看到白約朝著她招招手：「這裡。」

那是一個床與櫃子間小小的凹槽，白約手上拿著一個床墊，指指凹槽內。

「妳躺在這裡吧！我等等幫妳蓋起來。」

白凌皺眉苦笑：「超容易被找到的好嗎？」

「不會啦！快進去。」

白凌在半信半疑中躺了下去，白約也幫她蓋上墊子。

頓時，她感覺胸口有一股強大的壓力壓著她。

白凌感覺到，白約隔著墊子，正在踩她。

同時聽到白約大喊：「訊！快過來。」

接著是一陣腳步聲和笑聲。

「為什麼？為什麼為什麼？為什麼為什麼為什麼？」

白凌的心裡被這三個字淹沒。

然而，她感覺身上的壓力又變大了，訊也站上了墊子，一百多公斤的重量正正壓在她胸口與腹部，他們倆的歡笑聲也一起壓進白凌的心頭，踐踏著她心裡的「自尊」及「信任」。

「被騙了被騙了被騙了被騙了被騙了被騙了被騙了。」

她心裡的某些地方碎了。

「救……命……」

白凌漸漸感到呼吸困難。這時，另一個腳步聲進入房間。

「你們在幹嘛？」是媽媽的聲音。

白凌彷彿看到希望的光芒，但她的身體已經沒有甚麼力氣了：

「媽媽……救……」

「我們在玩啊。」白約的聲音傳來。

「那你們怎麼把白凌壓在下面。」

聽到這裡，白凌幾乎就要喊出來了：「快救我！」

然而，訊接話了：「阿姨妳放心，不會有事。」

「怎麼可能不出事？」白凌心中吶喊著。

「好喔，那我走了。」

媽媽的腳步聲遠離了房間。

「蛤？」白凌愣住了，徹底的愣住了。

「怎麼回事？走了？」

在她還未思考清楚現在發生的事，壓力已全部集中在她的胸口，痛與難受也一起併發。

白凌感覺自己已經吸不到空氣了。

「要死了嗎？」

她心想：「不，我要……呼……吸……」

她的意識漸漸模糊，眼眶也漸漸濕潤。

這時，壓力消失了，她吸了一大口氣，慢慢恢復意識。

她聽見了，白約說的話：「怎麼沒動靜了？是不是死了？」

「是不是死了？」

這輕鬆的語氣，點燃了白凌心中的一把怒火。

她奮力起身，將墊子甩出，她大口呼吸，含著淚的雙目怒瞪白約和訊，接著，快速跑出房間。

從此，白凌的夢做完了。

她，不再做夢。

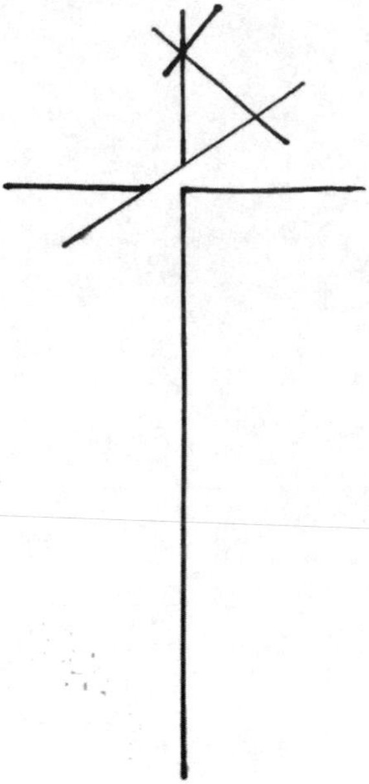

第五章

喜樂

喜樂

早上，白凌坐在床上，輕輕撫著胸口，那股痛楚彷彿像昨天發生的一樣襲上心頭。

她重重的呼吸，彷彿要吸入所有的空氣。

「他們也是生命啊，為什麼一定要殺了他們？」

齊名昨日的話在她耳邊響起。

她只是苦笑一聲：「因為他們，我差點就死了，不管是直接傷害還是間接的實質傷害，都讓我非常難受呢。而且，我的心也死了。齊名他，是不會明白的吧。」

白凌攤開雙手，看著這雙充滿傷痕的掌心，這雙手斷送了四條人命的手。

然而，她並沒有感到無力或害怕，反而開始笑了起來。

「哈，哈哈哈，哈哈哈哈哈！」

她笑得愈來愈大聲，愈來愈讓人感到毛骨悚然，笑了一陣，她瞪大的眼睛仔細的看著這雙手：「我已經感受不到了，不會有罪惡感了，難道我已經瘋了嗎？」

她輕輕放下手：「不對，我不是瘋了，而是進化。」

接著，她拿起一張名單，上面是密密麻麻的人名，這是白凌昨天連夜整理出來的。

她用美工刀輕輕滑過每個熟悉的名子：「不過要徹底報復訊，還得殺更多人。真是令人期待呢。」

她揹起了裝著「工具」的背包，走出房門，看見媽媽坐在客廳看書，她發現白凌出現，抬起頭：「白凌，妳要出門嗎？」

這時，媽媽注意到白凌身上的傷痕。

未等媽媽開口問，白凌率先說：「是啊，九點前回來。」

說完，便出了家門，媽媽一臉疑惑地喃喃自語：

「白凌的身上怎麼了？」

但她還是低下頭，繼續看著手上的書。

從今天起，教會的會友陸續傳出死亡消息，上吊、動脈破裂、墜樓、溺斃，有的則是被桶傷、劃傷而失血過多。

所有遇難者的共通點是，沒有一個人活下來。

但，還有一個沒人發現的，那就是，這些人都和訊有一定的交情，關心訊的老奶奶，和訊關係不錯的哥哥姐姐們，還有七年前的主日學老師們。

諷刺的是，這樣的人數非常龐大。

白凌在殺人的過程中，感到了深刻的快樂，那鮮紅的血液噴灑在身上的溫度，讓她感到了前所未有的溫暖。

在過去的七年，未曾在他們身上得到的，那份溫暖。

名單上的名字一個接著一個劃掉，也慢慢劃掉禁錮白凌瘋狂之心的繩索。

終於，名單上只剩兩個名字了，那兩人，正是訊的父母。

在一個夜晚，白凌當著訊媽媽的面，將訊的爸爸推下樓。

訊媽媽的臉上滿是淚水，無力的跪在白凌面前：「到底……為什麼……這麼做？」

白凌冷冷的一笑，將刀尖刺進她的胸膛，美麗的鮮紅瞬間沾滿白凌手。

她緩緩開口：「你們沒給我的溫暖，就用鮮血來補吧。」

訊在參加完自己父母的葬禮後，獨自一人回到空蕩蕩的教會。在教會中會關心他、與他相處的人幾乎都已經不在了，以前和大家在這裡歡笑的身影不斷地閃現，而如今留下的，只剩一排排空蕩蕩的椅子。

訊忍不住流下淚水，雙肩因激動不斷顫抖，他掩住臉面崩潰的大喊：「為什麼？為什麼我身邊的人都離我而去？我到底做錯了什麼？」

寂靜的空氣迴盪著他聲嘶力竭的聲音，悲傷的情緒慢慢凝結周圍的氣息。

「所以，你不知道自己做錯了什麼嗎？」

廳堂的角落，傳出一把既熱烈又冷漠的聲音，瞬間打破原本凝結的壓抑氣氛。

訊抬起頭，將頭轉向聲音的來源，與坐在那的白凌四目交接。

「蛤？」訊露出疑惑的表情：「妳說什麼？妳怎麼會在這裡？」

「我說，你難道不知道自己做錯了什麼嗎？」白凌站起身，一步步走向訊，她的聲線不疾不徐且異常平靜，眼神中卻充滿敵意與瘋狂。

訊感到一股恐懼從背脊襲來，他沒想到，那個曾經如此弱小的白凌能帶給他如此大的恐懼。

白凌嘆了口氣，攤開雙手：「算了，不用回答我了。我也不想再裝了。」剛說完，白凌突然像訊跑去，訊不明白她的意圖，卻看見白凌的右手閃現出寒光。

白凌冷冷一笑。

一把鋒利的刀刺向訊的左肩。

訊對突然襲來的危險一愣，快速伸出右手，硬接住了這一刀，鮮血慢慢從訊的手掌流下，他緊皺著眉，強忍鑽入心頭的疼痛，臉上寫滿了驚慌和不解，無法相信發生的一切，更無法相信白凌攻擊自己。

訊緩緩抬頭，白凌熟悉又陌生的臉告訴他這並非夢境。

「妳……到底是誰？」訊的世界有些混淆。

白凌冷笑一聲，凝視著他的雙眼。「哼，怎麼？這麼做你就認不得我了？還是……」白凌的眼神逐漸變的凌厲，聲線也因憤怒而提高。「在你的記憶中，只有我跪在地上被你們踩在腳下、低聲下氣的樣子？」

訊看著她那充滿怨恨、瘋狂與堅定的眼神，似乎想到了什麼，手不自覺的握緊了刀鋒：「所以，是妳殺了姐姐他們吧？這一切都是妳的復仇計畫？」

白凌並未理會他的質問，只是將視線轉向訊握住刀的手。

「放手吧！這樣我沒辦法刺你。」

冷汗滑過訊的臉頰，但他仍緊緊握著刀。

白凌頭一歪，輕笑著放開刀柄：「你不放手，那就送你吧！」

剛說完，白凌左手快速向前送，另一把小刀深深沒入訊的右腹，鮮血瞬間染紅了地面，濺到白凌的臉上。

訊吃痛後退，手也放開了白凌右手的刀，刀垂直的落到地面，發出清脆的響聲。

白凌仰天大笑，笑聲在廳堂中迴盪，在訊耳中甚為刺耳，她好不容易止住笑，揮揮手上的第二柄沾著鮮血的刀：「你覺得，我來殺你，會只準備一把刀嗎？」

訊跪倒在地，雙手摀著肚子，狠狠瞪著白凌，她見了他的眼神，露出一個誇張的驚訝表情：「你那是什麼眼神？」

白凌再度上前，用刀挑起訊的下巴，一字一字地說：「好懷念啊！你以前欺負我的時候，都是用類似的眼神看我，」

白凌說的一字一句，猶如石塊般重重落在訊心底。

白凌再度露出笑容，笑容因為她臉上的鮮血而變得更加詭異：「只不過，以前的快樂，變成了恐懼。」

訊仍未回話，依舊瞪著她，白凌卻像沒看見一般，攤開雙手，刀掉落在訊身旁的地面：「算了，你還是那麼討厭，一點也不可愛。」

她轉過身，走到原本的座位，彎腰不知道在翻找什麼。

訊趁這個時候勉強起身，摀著肚子朝通往地下室的門奔去，他用力推門，卻發現門已被鎖住。

「沒用的，我早就上鎖了。況且，這個時間大家都還在你爸媽的葬禮，沒有人會來的。」白凌的聲音從他背後傳來，訊慢慢轉身，看到白凌拿著一支鐵棍站在他身後。

訊看見她的姿態，臉上再度出現憤怒之色：「是妳！就是妳殺了我身邊所有親……」

話還沒說完，白凌用鐵棍敲中訊的小腿，訊吃痛倒地，白凌凝視著他痛苦的身影，微微一笑：「沒錯，是我。」

見白凌又上前一步，訊連忙伸出染血的左手：「等等，白凌，先聽我……」

「你想為你做的事找藉口嗎?」

白凌打斷他:「還是,你該不會不知道我指的『欺負我』是什麼?」

訊趁機爬上木製講台,與白凌拉開距離,同時緩緩地放下手。

「妳指的是七年前發生的事吧?」

白凌笑得更開懷了,大步走上講台,又拿起鐵棍,狠狠打中他的手臂:「不錯嘛!你還記得,不像晴,在被我解決前,什麼都不記得。」

訊痛苦地閉上眼,不知是因為身上的痛楚,還是確定了其他人的死因。

他低下頭:「為什麼……要這樣做?」

白凌微微歪頭,一雙銳利的眼睛仍然盯著訊:

「既然你記得,應該就會知道我恨你們的原因吧?」

訊皺眉,正在回憶過去七年的時光。

他本來難受的臉上顯現出了一點笑意。
白凌當然沒有漏看這個表情變化。
「是嗎？」訊勉強說出這句。
白凌皺眉，表情沉了下來，她在這簡單的兩個字中聽出了一些別樣的情緒。
「什麼意思？」
訊卻不再說話，只是喘著氣。
白凌的眉中叢生怒火，用力地打訊：「你什麼意思？說話啊？」
「恨嗎……因為……我們做的事……我們對妳的……霸凌……」
訊的身體雖然在顫抖，但他眼神依然清晰，他用著比平常更銳利的眼神掃視著白凌的全身。
「因為這種……小事就……就要殺人嗎!?」

訊大聲怒吼，快速舉起未受傷的左手，一把小刀刺中白凌滿是傷疤的大腿，那短刀是她剛剛拋下的，在拿鐵棍時被訊撿起。

白凌的大腿滲出鮮血，染紅了白色短褲的褲管，她表情猙獰，額上因疼痛滲出汗，渾身不斷顫抖，眼睛閃現出悲憤之色：「小事？在你的眼裡，這就是小事……嗎？」

訊放開刀柄，伸手打掉白凌手中的鐵棒。

「霸凌這種事……又沒有什麼傷害，妳沒……沒有因為這事去過醫院，也沒有從此後無法……活著……到底有什麼好記著的？」

他直視白凌的雙眼，眼中充滿激烈的情緒：「世界上……有那麼多人被霸凌，他們都能……好好生活，為什麼只有妳一直惦記著？」

他突然向前一撲，將恍惚的白凌壓倒在地，舉起手中的小刀，大喊著：「妳難道沒想過，這一切是妳的問題嗎？」

白凌的笑容漸漸僵硬，緊鎖著眉頭。

訊將小刀往白凌的臉刺去，白凌伸起手，在千鈞一髮之際抓住訊的手腕，刀尖立即停住。

平常，以白凌的力量根本抵擋不了訊，但訊已遍體鱗傷，力量削減不少，但白凌能仍沒辦法掙脫，只能與他僵持。

「在當時，妳也沒有反抗過，一直都在笑，也沒說過妳內心的感受，永遠都是那個表情，看了就煩。」

訊一邊顫抖，一邊近距離看著白凌的雙眼，咬牙切齒的說：「事到如今，妳都不……覺得妳小題大作嗎？明明世界上……有那麼多人……被霸凌，他們都好好地長大成人，而妳呢？卻要用這樣的……方式報復，殺了與自己一起長大的……朋友，殺了這麼……多關心妳的人，殺了我的父母，這就是妳的復仇嗎？」

話剛說完，訊感受到白凌抓住他手腕的雙手正在發力，白凌用極大的力量掐著訊的手腕，訊吃痛，放開了小刀，刀落下時劃過白凌的臉頰，一條血痕瞬間出現，而白凌並沒有理會，她憤怒的爆吼一聲，將訊向旁邊摔去，同時將小刀踢飛。

白凌緩緩起身，全身因為憤怒而顫抖：「你的意思是，這一切都是我的錯，是我求你們打我的嗎？是我求你們脫了我的裙子嗎？如果我反抗呢？你們又會怎麼對我？就這樣摸摸鼻子跟我道歉？還是用更大的力量打我？」

白凌起身，重新拿起剛剛掉落的鐵棍，慢慢向訊走去。

白凌手上的鐵棍擊中訊的頭部，全然不顧因發力而不斷出血的大腿，不斷的打著訊的身軀。

「你究竟知不知道，你口中所謂的好好長大的被霸凌者，他們跟我一樣，都要帶著這段記憶，一輩子都不會忘記，傷口就算癒合了，還是會有一道道傷痕，每次看到時，便會想到傷痕背後的含意，那段所謂的『小事』？」

白凌發瘋似的大喊，原本綁著的頭髮也變得凌亂。

「你還有膽跟我提朋友，我把你們當朋友，你們呢？是用什麼來回應我的？拳頭？嘲笑？落井下石？然後再用小題大作這四個字，當作對我的憤怒的回應？」

訊無力地趴在地上，身上無數的傷口在刺痛著他，而白凌的一字一句在他耳中甚為刺耳。

「這個教會，根本沒有人關心我，你們在對我施暴時，他們說過一句話嗎？沒有，從來就沒有。你一直活在教會美好的世界中，而我呢？算了，就你，是不會理解的。」

白凌高舉起鐵棍。

「你以為我不會痛嗎？我是人啊！我不是你們的玩具！」

她吶喊著，用全身的力量打中訊的頭部，鮮血與腦漿瞬間噴灑。

訊殘破的肢體在木製講台上呈現出一副駭人的藝術品。

又毆打了一陣子後，全身被鮮血染紅的白凌拋下鐵棍，一把扯下頭上的髮圈，染血的如雲長髮披散在肩上。

她的聲線變了，變得極度冷靜：

「訊，這就是我的復仇。時間到了，我要去找白約了。」

她緩緩起身，拿起早就準備好的油，撒滿地面與訊的全身，白凌走到門口，將一個打火機點燃，看著小小的火，悠悠的說：

「還剩……一人。」

她將打火機拋到油上，地面瞬間燃燒。

第六章　約定

約定

在教會燒起來後的十五分鐘後，大火終於熄滅了。

在現場，找到一具被燒得焦黑殘破的屍體，在不久後確認是訊的遺體。

而白凌的音訊，也隨即消失。

獨自在家的白約焦急地四處走動，不停的撥打白凌的電話，然而，都沒有人接。

「怎麼回事？不是說去外面一下嗎？人呢？」他喃喃自語。

今天爸媽剛好出門，並不在家中，白約的心中充滿了不安，教會在被大火燃燒時，妹妹早已在外，而如今卻久久未歸。

但令白約更擔心的，不是妹妹的失蹤。

白約努力的不願想起前幾場命案跟白凌的關係，可是那張在齊名死時被找到的照片中，如今只剩他們兄妹倆活著，而在教會也沒有與他們有關係的人活著了，現在剩下的真相，就只剩……

「難道，白凌真的是……殺了他們的人嗎？」

白約喃喃的念道，深鎖著眉陷入回憶。

七年前，在我八歲的那年，我跟妹妹白凌一起來到了這個教會。

在我年幼的腦子中，白凌應該是世界上最棒的妹妹，她就像是天使，有著超出常人的溫柔與成熟，以及一張好看的笑臉，我想，這應該就是媽媽要她笑的原因吧！

不對，她……好像是在進教會之後，才變成這樣的。

在剛進到教會時，我非常開心，這是一個全新的世界，沒有學校那枯燥乏味的學習，這裡的孩子也和我很合得來，尤其是一個叫做訊的男孩，他比我小一歲而已，有著一張清秀的臉，身材有些矮小，我馬上就和訊和他的姐姐麗禾成為朋友。

然而，他們好像對妹妹很感興趣。

「那是你妹吧！她總是一個人，好孤獨啊！」說話的是與我同年的麗禾，她指指在一旁遊蕩的白凌，訊看向我：「不理她沒關係吧！」

我看看白凌，她那如大人般的臉龐並未寫著孤獨，我轉過頭，對著兩人說：「沒事的，反正她都是一個人，怎樣也不關我的事。」

在說這句話時我有些驚訝，因為，本來我想說的是「她不會有事」。

接著，訊微微一笑，眼中閃出興奮的光：「是嗎？我倒是想到好玩的遊戲了。」

在訊說這句話時，我沒有任何感覺，包括在不久之後，我們開始對白凌做的事，到了近年來，我才知道這是霸凌。

欺負白凌其實很好玩，每次說她是白癡，她都只笑笑，每次將她絆倒，她都會很快地站起來，每次打她時，她也只是會閃躲。

而她臉上的笑容也沒有消失過。

於是，白凌那張笑臉激發出我們三人的好勝心，從那一天起，我們開始了一個名為「讓白凌的臉上失去笑容」的遊戲。

講白一點，勝利的方式就是讓我的妹妹哭。

而我，就是帶頭做的最過分的人。

在教會，我常常在妹妹彈鋼琴的時候，將琴蓋砸她的手。

在她上廁所時把燈關掉。

將她關在黑暗的教室。

或是絆倒正在走路的她。

訊也一直將接近她的人趕走，讓妹妹被自然的排擠。

麗禾當然也不甘示弱，不斷地用言語傷害她。

而，白凌的笑容並沒有消失。

但漸漸地，我感受到她的笑已經不一樣了，明明嘴角的角度是一樣的，那究竟是哪裡出了差錯呢？

在霸凌她的三年後，也就是我十一歲時，我終於發現是哪裡不一樣了。

白凌的眼睛，已經不會笑了。

在同一年，我們三個做了一件最過分的事，我們在四人一起玩遊戲時，將白凌的裙子脫了下來。

在那一刻，長達三年的遊戲結束了，而我們的霸凌現象也漸漸的消失。

她再也沒哭過。

她的眼睛也不曾再笑過。

我現在才知道，我當年做的那些事，到底造成了什麼結果。

天色漸漸暗了下來，白約頹然的坐在床上，臉上充滿疲憊及焦躁。

這時，他的手機響了，他看了看手機，是白凌打來了電話，他馬上接起電話：「妳去哪了?怎麼還沒有回來?」

而電話那頭卻是一片寂靜。

白約緩緩站起身：「白凌？」

「你接到消息了吧？教會的消息。」

白凌的聲音傳來，她的聲音有一股異樣的平靜，令白約有些擔心。

「看到了。妳在……」

「到教會頂樓來找我，火已經滅了。我一定要見到你。」

白約仍然聽不出白凌話中的情緒，他抿了抿嘴：「可是，現在已經九點了。」

「快過來。」說完，白凌便掛上電話。

白約默默地放下電話，想了想白凌的口氣，也想起自己犯下的罪。

他再度抿抿嘴，快速穿好外套，走出家門。

不久後，白約來到教會，那棟建築物沒有被燒掉很多，仍然能明顯的看到大樓原本的樣子，周圍並沒有嚴密的防護，只是草草的圍了一條警示線，沒有任何人在附近。

白約左右張望了一下，越過警示線，飛奔上樓，他不斷加快腳步，心裡祈禱著，希望這些連環命案跟白凌沒有關係，祈禱能看見原來那溫柔愛笑、如天使般的妹妹。

當白約踏上頂樓時，一個身穿染血的白色短衣、披著長髮的背影出現在他眼前，背影的主人正是白凌。

看到這個場景，白約的心跳幾乎要停了，但他未停下腳步，快步來到白凌身邊：「白凌，妳在這裡幹嘛？身上怎麼這麼多血？」

他伸手剛搭上白凌的肩上，白凌的身體快速轉動，一抹寒光閃現，白約的右手掌脫離手腕飛出。

在這個瞬間，白約看清了白凌的表情，白凌的臉上沾了已乾的鮮血，一雙大眼透露著興奮與瘋狂，上揚的嘴角讓人心寒。

在白約反應過來前，白凌一步上前，手中鋒利的短刀硬生生插進白約的肩頭。

同時，白凌放開刀柄，用力的抱住哥哥：「哥哥！你終於來了，我等你好久了！」

白約睜大雙眼，疼痛從手擴散到全身，令他更震驚的，是已經變了一個人的白凌。

白凌將臉埋在白約的胸口，撒嬌的輕聲說：「我等這一刻好久了，還特地用全新的、最鋒利的刀，哥哥你說，我是不是很棒？」

這小女孩般甜蜜的聲音，在白約耳裡甚為刺耳。

他踉蹌了一下，忍著痛用力將白凌推開，節節後退，坐倒在地上，白凌的笑容僵住了，她舉步走向白約。
白約在地上仍在後退，同時大喊：「不要過來！」
白約雖然知道白凌已殺了許多人，但還是無法想像白凌已經變成了這樣的人，原本成熟溫柔樣子消失無蹤，取而代之的是瘋狂與無盡的恨，像是地獄來的恐怖惡魔。
白凌眼神悲傷的看著白約，一步步朝他去：「哥哥，因為我被人欺負，你總是把我推開，難道……」
「走開！」
白約撞到了牆面，表情十分惶恐，白凌又上前一步，距離白約不到一公尺。

「我有那麼可怕嗎?你真的那麼討厭我嗎?就算你的生命中只剩我了，你還是，」

她抓著白約的衣領，將他從地上拉起，用力摔飛他。

「還是要把我推開嗎!!!」

面對白凌的吼叫，白約冷靜了一點，強忍著身上的痛，勉強站起身，一步步艱難的朝樓梯口走去，而白凌卻再次擋在他面前：

「哥哥，我已經把他們五個都殺了，教會中一大半的人也都被我除掉了，我毀了教會，我已經徹底的毀掉了這一切，現在你不用為了誰把我推開了!不用了……」

白凌的表情突然僵住了，她低頭思考了一下。

接著，她一腳將白約踹翻在地，腿上凝結的傷因發力而再度破裂，但她全然不顧鮮血的湧出，用力踩住白約的頭，同時抓起他插著小刀的左肩：「可是，你已經毀了我們之間的約定，已經做出了無可挽回的事情。」

她的語氣已經改變，變得極度堅定。

「你已經不是我哥哥了。」

白凌拔出他肩頭的刀，白約因疼痛發出淒厲的慘叫，她沒有理會，只是將另一隻手掌伸到白約臉前，露出掌上所有的傷：

「看到這些傷痕了嗎？都是因為你七年間所做的事！白約！是你毀了我，讓我變成這副模樣！」

白凌將刀口對準白約的肩頭，微微一笑，那笑容中，有著深沉的苦澀與悲傷。

「你知道嗎？傷痕這種東西，會永遠留下來。」

她發力，鋒利的刀口慢慢切開白約的關節。

「啊！啊！啊！」隨著白約撕心裂肺的叫聲傳進白凌的耳中，白凌的笑容也愈來愈燦爛，她一用力，白約的手臂與肩膀分離。

在這個時候，白約流下了眼淚，他哭了，不是因為疼痛，而是因為看見白凌渾身的傷痕，以及大量失血的大腿，都是因為他帶來的那些傷害，逼的白凌受到這些傷害，心智也不再正常。

如今的白凌本因失血過多渾身無力，但白凌卻用了比平常更強大的力量，白約知道，白凌是靠著那恨，驅動著瘦弱的身軀。

會讓自己的妹妹變成這樣，白約內心的痛比身上的痛還深刻。

白凌抬起踩著他的腳，走到白約的腳邊。

「我已經沒有必要一直看著別人的臉色，而隱藏自己心裏真正的想法與感受了。」她激動的說著，一邊對著白約的小腿下刀。

「真是可笑！這是一個教會，裡面卻藏著一群罪人？」

白凌將他的右小腿抛開，一邊抹抹臉上新出現的血跡，白約無力的趴在地上。

疼痛和鮮血的流失已經令他意識模糊，但他還是聽到了白凌的一言一語，愧疚壓垮了他的心態。

「對……不起……」

白凌停了下來，將耳朵靠到他嘴邊：「你說什麼？」

「我……」話還未說出口，白約便失去了吸進下一口氣的能力。

白凌繼續的割著白約的肢體。

「剩餘……零人。」

白凌的嘴唇微微移動，輕輕地唱著歌，那雙眼睛直直盯著前方，好像能看穿一切，卻也像什麼也看不見，而搭配著這雙了無生氣眼睛的，卻是一個微微上揚的嘴角。

白凌跪在地上，纖細的手裡握著一把小刀，刀鋒因為沾滿血而沒有反射出寒光，她的一身白衣被血染紅，長髮也變成鮮紅色。

她拿刀的手不斷揮動，一抹抹鮮血染紅了石地，也噴灑在她那可怖的臉孔上。

白約的屍體已被分解，散落在白凌的身邊，白凌割完了最後一隻手臂，把小刀隨手一拋，刀插在她身旁的地上，抱起地上的一顆頭顱，她輕輕撫摸著白約清秀但蒼白的臉龐，一雙怪異眼神盯著這張臉看了好一會兒，口中喃喃的念：「你不會愛我，對吧？哥哥。」

白凌仰天狂笑，她的笑聲在靜默的黑夜裡是如此的毛骨悚然。

笑了一陣，她停下笑聲，低下頭：「結束了，一切都結束了。」

白凌默默地念著，然而，心裡沒有感受到想像中的快樂。

「為什麼？殺光了他們，我卻沒有感到開心？」白凌喃喃的說。

她突然猛地站起，用力將白約的頭顱摔出去：「都是那群賤人！他們把我害成這樣，他們是因自己而死的！跟我沒有關係！都是他們啊啊啊啊啊！」

白凌發瘋似的大喊著，她的聲音在寂靜的黑夜中擴散，然而，寂靜並沒有給出回應。

她再度吶喊：「出來啊！來告訴我啊！」她正在叫喚著的，是自己內心深處，一直跟隨、支持、安慰著白凌的那把聲音，然而，心中卻還是一股無境的空虛。

那把聲音已經消失了。

「我想要的，究竟是什麼？」

白凌緩緩舉步向前走，走到樓的邊緣，看著一棟棟起伏的房子，聲音顫抖著說：「我不想做惡夢。我不想再痛苦。我不想再哭。」

一滴眼淚滑過她的臉頰，滴落在石地上。

她輕輕碰了碰臉頰，看著沾在手指上的淚水。

「可是，我為什麼要哭？」

第二滴眼淚落下，接著是第三滴，第四滴，她再度大吼：「哭什麼？妳到底在哭什麼？」

然而，不論她怎麼激動，仍止不住淚水滴落。

「難道，我要的，不是他們消失？」白凌大口呼吸，胸口劇烈起伏。

她慢慢冷靜下來。

白凌開始回想，與他們的點滴。

從一開始的期待，到長久的失望與痛苦，和在幻想中和平的相處。

她想到了。

白凌定定地看著前方，想起了，她最想得到的東西。

她的身體因失血已經有點搖搖欲墜，發涼的身軀也感受不到周圍的風，她知道，不管怎樣，自己都只會有一個結局。

「主啊，在所有人都上天堂後，我就能實現我的願望了嗎？」

白凌看向天空。

她抹了抹淚水，露出一個微笑，那個笑容，彷彿回到了七年前，仍是那個天真無邪的小女孩時。

白凌最想要的，是與那六個人一起吃飯，吃一頓沒有恩怨、快樂且溫暖的一餐。

這一餐，是白凌多麼的渴望擁有。

而這樣的一餐，在過去的七年，她並沒有得到過任何一次。

「不過，我會上天堂嗎？」

她向前倒去，從頂樓墜落，強勁的風吹過白凌的臉頰，將她那一頭長髮飄散在夜空中，身上染血的白衣，彷彿訴說著她是地獄來的天使，正在墜落。

在白凌墜落的那時，她看到了一個場景。

她打開了一道門，那六人圍著桌子坐著。

他們用溫柔的眼神注視著她。

白約站起身，向她招招手，說了句：

「妳來了啊，快坐下吧，我們正要開始吃呢。」

那是多麼溫暖的句子。

是白凌多麼渴望擁有的溫暖。

到了最後，白凌真正明白，自己一直想要的，就是這樣簡單。

白凌微微一笑，緩緩地說了一句：

「我來了。」

白凌持續下墜。

在空中，她露出了像幻覺中，一樣的笑容。

國立中央圖書館出版品預行編目

傷痕 / 夜筑 著. --初版. --新北市 :
普林特印刷有限公司, 2021.05
178面 ; 1公分 --

ISBN 978-986-98283-5-2(平裝)
863.57 110008017

傷痕

作　　者：夜　筑
總 編 輯：林萬得
封 面 畫：鄭賢弘
插　　畫：夜　筑
校　　對：王品幀 劉郁敏 小美

出 版 者：普林特印刷有限公司
地　　址：新北市三重區忠孝路二段38巷6號
電　　話：(02)2984-5807　傳真：(02)2989-2834

代理經銷：白象文化事業有限公司
地　　址：台中市東區和平街228巷44號
電　　話：(04)2220-8589 傳真：(04)22208505

出　　版：2021年5月初版
定　　價：180元

ISBN：978-986-98283-5-2（平裝）